PÉTALOS DE AMOR

YVONNE LINDSAY

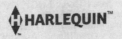

Editado por Harlequin Ibérica.
Una división de HarperCollins Ibérica, S.A.
Núñez de Balboa, 56
28001 Madrid

© 2014 Harlequin Books S.A.
© 2015 Harlequin Ibérica, una división de HarperCollins Ibérica, S.A.
Pétalos de amor, n.º 124 - 23.12.15
Título original: Expecting the CEO's Child
Publicada originalmente por Harlequin Enterprises, Ltd.

I.S.B.N.: 978-84-687-6652-2
Depósito legal: M-31390-2015
Impresión en CPI (Barcelona)
Fecha impresion para Argentina: 20.6.16
Distribuidor exclusivo para España: LOGISTA
Distribuidor para México: CODIPLYRSA
Distribuidores para Argentina: Interior, DGP, S.A. Alvarado 2118.
Cap. Fed./Buenos Aires y Gran Buenos Aires, VACCARO HNOS.

Capítulo Uno

Jenna se había devanado los sesos en diseñar la corona que una familia le había encargado para el funeral de su abuela el miércoles próximo. La tenía casi lista y solo faltaba que los proveedores le trajeran el tipo de lilas que fueron las favoritas de la difunta.

El timbre de la puerta la avisó de la llegada de un cliente. Esperó a ver si su nueva ayudante, pero el tintineo de la campanilla del mostrador le confirmó que Millie estaba en el cuarto frío al fondo del local o, mucho más probable, hablando con su novio por teléfono en la calle.

Se dijo que tendría una charla con ella y se levantó de la mesa para dirigirse hacia la sala de muestras con su mejor sonrisa profesional.

La sonrisa se le congeló en el rostro al encontrarse con Dylan Lassiter en toda su gloria. Estaba de espaldas a ella, observando los ramos que Jenna conservaba en los expositores refrigerados a lo largo de una pared.

Su reacción fue instantánea: una arrolladora sucesión de calor, deseo y horror. La última vez que lo vio fue en el guardarropa donde se habían escondido para liberar la tensión sexual que amenazaba con quemarlos a ambos. La pasión desatada había sido tan feroz que casi fue un alivio que Dylan volviera a su base en Los Ángeles.

Jenna reprimió el impulso de protegerse el vientre con una mano. Desde el momento en que descubrió que estaba embarazada sabía que tendría que decírselo, pero no había pensado que fuera tan pronto. Al principio le había guardado rencor por no ponerse en contacto con ella desde aquel único e increíble encuentro. Entendía que estuviera demasiado ocupado para llamarla después de que su padre muriera durante la cena del ensayo de la boda de su hermana, pero ¿y después, cuando todo empezaba a volver a la normalidad?

Había conseguido convencerse de que no quería ni necesitaba las complicaciones intrínsecas de una relación. Y menos en esos momentos de su vida y con alguien tan importante como Dylan Lassiter. Jenna se había pasado años intentando reconstruir su maltrecha reputación y había tomado la firme decisión de no llamarlo. Su orgullo femenino se resentía de que tampoco él la llamara, pero iba a tener que superarlo y ocuparse de unos asuntos mucho más acuciantes.

–¿Puedo ayudarle? –le preguntó, fingiendo que no le había reconocido hasta que él se giró y le clavó la mirada de sus penetrantes ojos azules.

Jenna sintió que se quedaba sin aire y que se le cerraba la garganta. Un traje a medida gris azulado le resaltaba los anchos hombros; la camisa blanca y la corbata azul acentuaban su piel bronceada por el sol de California. A Jenna se le hizo la boca agua. Era un atentado contra la naturaleza que un hombre pudiera ser tan atractivo y varonil.

Un mechón de pelo negro y rizado le caía sobre la frente, pidiendo a gritos que Jenna se lo apartara y le acariciara la barba incipiente que oscurecía su recia mandíbula.

Dylan era como una droga para ella. Un subidón instantáneo que le creaba una adicción incomparable. Se había pasado los dos últimos meses y medio sin poder creerse lo que había hecho. Ella, a quien tanto le había costado convertirse en una mujer responsable y prudente, se había quedado embarazada de un hombre el mismo día de conocerlo. Un hombre del que, sin saber apenas nada, sí sabía lo suficiente como para no haber sucumbido a sus encantos.

Había sido una aventura de una noche. El guardarropa era tan estrecho que habían estado de pie. Pero a pesar del limitado espacio su cuerpo aún recordaba todo lo que le había hecho sentir.

—Jenna —Dylan asintió lentamente, sin apartar la mirada de ella.

—Dylan —respondió ella, fingiendo sorpresa—. ¿Qué te trae de vuelta por Cheyenne?

Nada más preguntarlo lo supo. La inauguración del nuevo restaurante. Pues claro. La cámara de comercio, o mejor dicho, toda la ciudad, esperaba con gran expectación el inminente acontecimiento. Jenna había intentado ignorar todo lo relacionado con los Lassiter, pero era imposible.

Un ruido procedente de la parte trasera les hizo girarse. Gracias a Dios… Millie se había dignado por fin a aparecer y hacer su trabajo.

–Ah, aquí está Millie –dijo Jenna, intentando ocultar su alivio–. Ella te ayudará con lo que necesites. Millie, este es el señor Lassiter. Va a abrir el restaurante Lassiter Grill en la ciudad. Por favor, asegúrate de ofrecerle nuestro mejor servicio.

Le sonrió fríamente a Dylan y se giró para marcharse, pero él la agarró de la muñeca con los mismos dedos que la habían hecho enloquecer de placer.

–No tan rápido –le dijo, haciendo que se girase de nuevo hacia él–. Estoy seguro de que Millie es muy profesional –le dedicó a Millie una sonrisa tan arrebatadora que la impresionable chica se derritió a sus pies–. Pero prefiero tratar contigo directamente.

–Me imagino –respondió Jenna con toda la serenidad que pudo–. Pero en estos momentos no tengo tiempo para ayudarte.

El corazón le dio un vuelco al percibir un atisbo de irritación en sus ojos.

–¿Tienes miedo, Jenna? –le preguntó en voz baja y desafiante.

–Claro que no. Simplemente estoy ocupada.

–Seguro que no tanto como para no ponerte al día con un viejo amigo.

Jenna sintió que se ruborizaba. No eran amigos ni muchísimo menos. No sabía más de él que cuando lo conoció… el día que la atracción prendió entre ellos desde el primer momento, haciendo que del flirteo se pasara a los roces y de los roces a la pasión salvaje en el primer lugar disponible que encontraron.

Justo entonces sintió algo en el vientre, un sutil aleteo que le hizo ahogar un gemido. El momento que llevaba semanas esperando, el primer movimiento perceptible de su hijo, tenía que ocurrir con su padre delante de ella.

–¿Estás bien? –le preguntó él, apretándole la muñeca.

–Sí –respondió ella rápidamente–. Muy ocupada, eso es todo.

–Entonces solo te quitaré unos minutos de tu tiempo –la miró fijamente–. ¿Vamos a tu despacho?

Jenna tuvo que aceptar su derrota.

–Por aquí.

Dylan la soltó y ella sintió la caricia del aire fresco en la piel. Se sorprendió acariciándose el punto donde la había agarrado.

«Deja de comportarte como una tonta», se reprendió en silencio.

Sabía, sin embargo, que no podría evitarlo para siempre. Dylan vivía en Los Ángeles, pero la apertura del nuevo restaurante en Cheyenne sería inevitable que se cruzaran de vez en cuando.

Volvió a sentir una ligera agitación en el vientre, recordándole que había cosas mucho más importantes y apremiantes que Dylan Lassiter y los sentimientos que él le provocara. Por suerte no parecía haber notado los cambios en su cuerpo tras trece semanas de embarazo.

Aún no se lo había dicho a nadie y no pensaba hacerlo en ese preciso instante. Había procurado ocultarlo con prendas más grandes y holgadas que la ropa ceñida con la que solía vestirse.

Entraron en su pequeño despacho y Jenna le indicó la silla frente a la mesa, sentándose ella al otro lado. Pero Dylan ignoró el ofrecimiento y se sentó en el borde de la mesa. Para Jenna fue imposible no fijarse en cómo la tela del pantalón se estiraba sobre sus poderosos muslos y la entrepierna. Se le secó la garganta y se volvió en busca de la jarra de agua y los vasos que tenía en un aparador detrás de la mesa.

–¿Quieres agua? –le ofreció con una voz que sonó como un graznido.

–No, gracias.

Ella se sirvió rápidamente un vaso y lo vació

de un trago antes de agarrar un bloc y un bolígrafo.

–Bueno –dijo, mirándolo–. ¿Qué es lo que quieres?

Él alargó el brazo, le quitó el bolígrafo y lo dejó muy despacio sobre el cuaderno.

–Pensé que podríamos charlar un poco… Ya sabes, sobre los viejos tiempos.

Jenna sintió que una ola de calor se le desataba entre los muslos. Echó la silla hacia atrás para poner toda la distancia posible entre ellos.

–Lo siento, pero ya te he dicho que estoy muy ocupada y no tengo tiempo. Si no quieres nada más que hablar… –dudó un momento, molesta por el brillo de regocijo que destellaba en sus ojos–, tendrás que disculparme para que pueda seguir con mi trabajo.

Los sensuales labios de Dylan se curvaron en una media sonrisa.

–Has cambiado, Jenna. Hay algo distinto en ti… No sé qué es, pero lo averiguaré.

Ella se tragó un gemido. A aquel hombre no se le pasaba nada por alto. Si no lo sacaba de allí enseguida descubriría lo que había cambiado en ella. Y Jenna no estaba preparada para eso. Necesitaba más tiempo.

–Quiero que te encargues de las flores para la inauguración del restaurante –añadió él sin darle tiempo a responder–.¿Podrás hacerlo?

–Haré que mi personal te prepare unas muestras para el lunes. ¿Estarás todavía aquí para entonces?

La sonrisa de Dylan se ensanchó.

–Sí que estaré por aquí… Y no quiero que se ocupe tu personal de esto. Quiero que lo hagas tú.

–Mi personal está muy cualificado para…

–Te quiero a ti.

Sus palabras quedaron suspendidas en el aire. Jenna podía sentirlas como si le acariciaran el rostro.

–Imposible –dijo en voz baja.

–¿Imposible? Vaya, qué lástima… Tendré que buscar otra floristería.

Jenna sintió un escalofrío. Solo haría falta un día para que el rumor de que había rechazado a un cliente tan importante se propagara por toda la ciudad. No podía permitirlo. Había trabajado muy duro para convertirse en la mejor florista de Cheyenne y no estaba dispuesta a echarlo todo a perder.

No le quedaba otra alternativa que aceptar el encargo. Rechazar a un miembro de familia Lassiter sería nefasto para su negocio. Por el contrario, cuando se supiera que había sido ella la encargada de las flores para la inauguración los beneficios crecerían como la espuma. No había nada que le gustase más a la clase alta de Cheyenne que imitar a la familia Lassiter.

–A lo mejor podría sacar un poco de tiempo –concedió a medias–. ¿Has pensado en algo en concreto?

–¿Qué te parece si lo hablamos esta noche mientras cenamos?

–Lo siento. Tengo planes para esta noche –un largo baño caliente con sales y una sesión de pedicura casera en el caso de que pudiera doblarse para alcanzar sus pies–. Si me dices cómo contactar contigo mientras estás aquí, te llamaré cuando pueda.

Él la miró con los ojos entornados, se levantó y sacó una tarjeta de su cartera. Ella hizo ademán de agarrarla, pero Dylan la sujetó fuertemente contra su cuerpo.

–¿Me llamarás?

–Claro. Mañana no abrimos, pero miraré mi agenda el lunes y te llamaré.

–Estaré esperando tu llamada –dijo él con un guiño, y soltó la tarjeta.

Jenna lo siguió a la sala de muestras. A pesar de haber trabajado allí desde que era joven, seguía embriagándola la fragancia de las flores. Los olores impregnaban el aire con una esencia fuertemente femenina, contrastando con la poderosa virilidad de Dylan Lassiter.

Jenna le abrió la puerta.

–Gracias por venir –le dijo mientras él pasaba junto a ella para salir.

Justo entonces una furgoneta de reparto pasó por la calle. El aire que levantaba le pegó el vestido de manga corta al cuerpo. Dylan recorrió con la mirada sus abultados pechos, su cintura ensanchada y la redondez de su barriga. La miró fijamente durante lo que pareció una eternidad, antes de levantar la vista hacia sus ojos.

Lo que Jenna vio entonces la dejó clavada en el suelo. Había leído cosas sobre el carácter frívolo y despreocupado de Dylan, de su habilidad para mantenerse firme independientemente de las decisiones que tomara y del perfeccionismo que demostraba en la cocina.

La expresión de su rostro, sin embargo, era la de un hombre completamente distinto. Era la cara de un hombre que buscaba una respuesta y que, pensó Jenna con un escalofrío, haría lo que hiciera falta para obtenerla.

—Parece que tendremos otras cosas de las que hablar además de las flores… Creo que sería mejor cenar cuanto antes, ¿no estás de acuerdo?

Se giró sobre sus talones y se dirigió a grandes zancadas hacia un todoterreno negro aparcado calle abajo. Jenna no pudo evitar fijarse en los ágiles movimientos de su cuerpo. Cerró los ojos, pero su imagen seguía grabada en la retina. Y supo, sin lugar a dudas, que no iba a poder seguir ocultando su secreto.

Capítulo Dos

Dylan se internó en el tráfico mientras se esforzaba por controlar la ira que le hervía en las venas.

Estaba embarazada. ¿Cómo no iba a asustarse al verlo? Sin duda él era la última persona a la que esperaba o quería ver.

¿Sería suyo el bebé? Las fechas cuadraban… a menos que Jenna se acostara con cualquiera. Solo de pensarlo se le revolvió el estómago. Tenía que estar seguro de que su breve y apasionado encuentro había tenido consecuencias. Un embarazo, nada menos. Un hijo. Y con ella.

Recordó la atracción que había sentido nada más verla aquel frío viernes de marzo. Un deseo salvaje se había apoderado de él al instante. Recordó verla moviéndose de un lado para otro, revoloteando como un ave exótica sobre los arreglos florales que había diseñado para la cena de ensayo de su hermana Angelica. Una cena que había acabado antes de empezar cuando su padre adoptivo, J.D. Lassiter, falleció al sufrir un ataque cardiaco. La boda se había pospuesto indefinidamente.

Aquel día la sala estaba a rebosar de gente luciendo sus mejores galas, pero Jenna destacaba sobre el resto con sus vivos colores y la radiante energía que emanaba su pequeño cuerpo. Bastaron unas breves palabras para confirmar que era una mujer exuberante y sensual, pero la auténtica locura llegó cuando la agarró de la mano y la llevó a un rincón para besarla y comprobar si era tan excitante como parecía. Ella se apartó en cuanto él dejó de sujetarla, pero su huella se quedó grabada en el cuerpo de Dylan durante las horas siguientes, hasta que no pudo aguantarlo más. Definitivamente no bastaba con un solo beso. Se aseguró de que el personal de la cocina supiera lo que tenía que hacer y abordó de nuevo a Jenna mientras ella le daba los últimos toques a los arreglos florales. La estrechó entre sus brazos con la intención de volver a besarla y nada más, pero el beso se transformó rápidamente en una espiral de pasión desenfrenada que los llevó a meterse en un armario del vestíbulo, donde descubrieron hasta dónde podía llegar el placer compartido.

Dylan nunca había sido el tipo de hombre que esperaba de brazos cruzados a que le llegase una oportunidad. Todo lo contrario. Cuando quería algo no paraba hasta conseguirlo. Y así había sido con Jenna. El arrebato de atracción y deseo los había barrido de tal manera que seguía faltándole el aire cuando lo recordaba. No había sido su primera aventura, ni muchísimo menos, pero tampoco había experimentado nada semejante. Por desgracia, su padre murió aquella misma noche y todo su mundo dio un drástico vuelco.

Apenas se resolvieron los asuntos pendientes en Cheyenne, tuvo que volver a toda prisa a Los Ángeles para continuar su labor como presidente de Lassiter Grill Corporation. No quiso importunar a su hermana Angelica para que le facilitara los datos de la florista que había contratado para la cena de ensayo. Su hermana seguía sufriendo las consecuencias de aquella fatídica noche y lo que menos necesitaba era que alguien se la recordara. Además, el trabajo casi no le dejaba tiempo libre.

Estaba tan absorto en sus divagaciones que poco le faltó para chocar con el vehículo que tenía delante y redujo la velocidad. Maldijo para sus adentros. Dos horas. Le había dado dos horas para que lo llamara y le dijera si aceptaba o no su invitación. Y si no lo llamaba, lo haría él.

Pasaron exactamente cincuenta y ocho minutos hasta que el móvil le empezó a vibrar en el bolsillo. Lo sacó y sonrió al ver el nombre de la floristería en la pantalla.

—Estaba pensando que podríamos vernos esta noche –dijo Dylan sin más preámbulos–. En mi casa, a las siete –Dylan le dio la dirección–. ¿Sabes dónde está?

—Claro. No me costará encontrarla –respondió ella con un ligero temblor en la voz.

—Quizá debería pasar a recogerte, no vaya a ser

que cambies de idea en el último minuto. No me gustaría.

–No cambiaré de idea, te lo prometo. Te veo a las siete –colgó sin darle tiempo a decir nada más.

Dylan apretó los labios mientras volvía a guardarse el móvil. Tenía una larga lista de preguntas y no iba a parar hasta que ella se las hubiera respondido todas.

De una cosa estaba seguro: si Jenna llevaba un hijo suyo, él formaría parte de su vida. Sabía lo importante que era la familia, habiendo perdido a sus padres a corta edad y habiendo sido criado por su tía Ellie y su marido, J.D. Lassiter. Los dos se habían empeñado a fondo para que ni a él ni a sus hermanos, Sage y Angelica, les faltase nunca de nada. Y cuando Ellie Lassiter murió, fue su cuñada, Marlene, la que ocupó el papel de madre. Gracias a la familia consiguieron salir adelante.

El concepto de familia había adquirido un significado aún mayor para él desde la muerte de J.D. Su hermano pensaba que se había vuelto loco al darle tanta importancia, ya que la independencia de Dylan y su determinación a valerse por sí mismo habían sido la causa de sus constantes enfrentamientos y desavenencias con J.D.

Por muy unido que estuviera a su familia siempre había querido más. Y parecía que al fin iba a conseguirlo, si el hijo de Jenna Montgomery era suyo.

***

Jenna se preparó de mala gana para ir a la casa de Dylan. Se duchó rápidamente y luego se tomó su tiempo en aplicarse crema hidratante. Se había depilado las piernas, ¿y qué? No lo había hecho por Dylan. Todas las mujeres necesitaban depilarse. Como tampoco se había maquillado para él. Solo lo hacía por ella, así de simple. Si la hacía sentirse bien, fuerte y segura, lo haría y punto. Lo mismo valía para la ropa que había elegido ponerse. El vestido morado favorecía su figura, incluso con las pronunciadas curvas que ya empezaba a mostrar. Igual que los zapatos negros de tacón.

Se detuvo un momento para mirarse al espejo. ¿Demasiado? El cabello, castaño oscuro, le caía suelto y recto tras habérselo alisado. Se giró de lado. Su atuendo contrastaba con la ropa que solía ponerse en las últimas semanas. Y sí, definitivamente era demasiado… Por eso mismo no iba a cambiarse.

Agarró el bolso de la cama y se obligó a calmarse. Solo era una cita para dejarle a Dylan las cosas claras. Le diría lo que había pensado decirle todo ese tiempo y nada más.

No se dejaría deslumbrar por sus increíbles ojos azules o sus alborotados cabellos. Era un hombre arrebatadoramente atractivo, inteligente y

17

dotado de un carisma que podría derretir un glaciar. Pero ella no volvería a caer presa de sus encantos. O al menos confiaba en poder permanecer inmune.

Había tenido mucho tiempo para pensarlo. Durante varias semanas se había convencido de que, aunque Dylan merecía conocer a su hijo, ella iba a cuidarlo por sí sola. Sabía muy bien lo que no debía hacerse cuando se criaba a un hijo. No iba a repetir los errores de sus padres. A su pequeño no le faltaría de nada. Crecería sintiéndose en todo momento protegido y amado por su madre.

Un hombre como Dylan Lassiter, con su despreocupado estilo de vida, una chica para cada día de la semana y una reputación profesional que lo obligaba a viajar continuamente, no encajaba para nada en el planteamiento de Jenna. Había disfrutado enormemente con su lado salvaje, sí, pero en la vida real había que comportarse con más seriedad y moderación. Ella tenía una casa y un negocio de los que ocuparse, y podría hacerlo por sí misma si ahorraba un poco.

Sintiéndose un poco más segura y animada, se subió al coche y buscó en el mapa la dirección que Dylan le había dado, a las afueras de la ciudad.

Las dudas la asaltaron en cuanto pasó entre las grandes columnas rematadas con una elegante L de hierro forjado. El camino de entrada tenía la longitud de varios campos de fútbol. Jenna sabía que la familia Lassiter era muy rica, pero ¿quién mantenía una propiedad tan grande cuando solo la ocupaba un par de meses al año? Al pensarlo volvió a recordar las insalvables diferencias que la separaban de Dylan, y una oleada de nervios empezó a apoderarse de ella.

¿Y si decidía valerse de su fortuna y su posición para ponerle las cosas difíciles? No sabía cómo era realmente. Era un fruto prohibido. El tipo de hombre ante el que ninguna mujer se quedaría indiferente. El tipo de hombre que toda mujer merecía probar al menos una vida en la vida… Pero no el tipo de hombre con quien se pudiera mantener una relación estable.

Casi todo lo que sabía de Dylan Lassiter lo había aprendido por los medios de comunicación y por los rumores que circulaban por la ciudad. Prácticamente había hecho siempre lo que había querido, desaprovechando las oportunidades que su padre adoptivo le brindaba y negándose a ir a la universidad y a participar en los negocios de la familia. Jenna suspiró. ¿Cómo sería ir por la vida con esa despreocupación? Sabía que había viajado mucho, que se había formado como cocinero en Europa y que había vuelto a Los Ángeles, donde se había labrado una merecida reputación como chef y una no menos merecida mala fama por sus desvaríos amorosos.

La educación que había recibido ella era tan

distinta a la de Dylan como un ramo de novia de una parrilla. Y desde su punto de vista, por mucho que Dylan tuviera que ofrecer a quien buscase emociones fuertes, como padre no le inspiraba ninguna confianza.

Dylan era el padre de su hijo y ella no iba a privarlo de sus derechos, pero quería que su hijo creciera en un ambiente seguro y lleno de amor, no que se viera en medio de una guerra entre sus padres. Que no tuviera que ir de un lado a otro siguiendo a su padre por todo el país en busca de una felicidad inalcanzable. Y desde luego que no se viera envuelto en las estafas de su padre ni que se viera abandonado a los quince años porque su único pariente vivo estaba cumpliendo condena.

No. Su hijo iba a tener todo lo que ella no había tenido.

Frenó suavemente delante del imponente pórtico y se posó una mano en el vientre. No se dejaría impresionar por la opulencia que se mostraba ante sus ojos. A su hijo le correspondería parte de esa riqueza, pero en esos momentos solo la tenía a ella y ella iba a dejarse la piel para darle lo mejor.

Agarró el bolso y salió del coche. En ese momento se abrió la puerta principal y apareció Dylan en el umbral. A Jenna le dio un vuelco el corazón, igual que la primera vez que lo vio. Era imposible permanecer impasible ante un hombre como él. Se había peinado un poco, ofreciendo un aspecto más refinado, y se había cambiado el traje por una camisa azul claro que resaltaba el color de sus ojos.

–¿Te ha costado encontrar la casa? –le preguntó mientras ella subía los escalones.

–Es difícil que pase inadvertida, ¿no te parece? –replicó Jenna en un tono mordaz.

Él inclinó ligeramente la cabeza y abrió la puerta del todo para invitarla a entrar.

–Pasa. Debes de estar cansada después de trabajar todo el día. ¿Quieres beber algo?

–Agua con gas, si tienes. Gracias.

–Claro. Siéntate –le indicó un sofá grande y de aspecto cómodo–. Enseguida vuelvo.

Apenas Jenna se hubo acomodado regresó Dylan con dos bebidas: una cerveza fría para él y un gran vaso de agua con gas para ella.

–Gracias –le dijo secamente, aceptando el vaso. Evitó mirarlo a los ojos, pero no pudo evitar el roce de sus dedos ni ignorar la reacción que le desató en su interior. Rápidamente se llevó el vaso a los labios para disimularlo. Las burbujas le hicieron cosquillas en la nariz, irritándola aún más. Tragó con cuidado y dejó el vaso en el posavasos. Dylan se arrellanó en el asiento de enfrente, sin dejar de mirarla mientras un incómodo silencio se cernía entre ellos. Jenna carraspeó nerviosamente. Al parecer iba a tener que ser ella la que iniciara la conversación.

–Quería… quería expresarte mis condolencias por la muerte de tu padre.

–Gracias.

–Era un hombre muy respetado en la ciudad. Debes de echarlo mucho de menos.

–Si –corroboró él, tomando un largo trago de cerveza.

No se lo estaba poniendo nada fácil, maldito fuera. Pero ¿qué podía esperarse de él?

–Se habría sentido muy orgulloso del nuevo restaurante –continuó valientemente.

–Seguro que sí.

–¿Y tú? Estarás muy satisfecho con los platos que has creado.

–Lo estoy.

Esbozó una media sonrisa tan irónica que Jenna sintió que no debería haber ido a verlo. Quizá debería haber esperado uno o dos días antes de llamarlo. Pero inmediatamente después tuvo la contradictoria certeza de que debería haberse puesto en contacto con él mucho antes.

¿Sería así como se sentía un ratón antes de ser cazado por un gato? ¿Paralizado, indefenso y aterrorizado, sin poder mirar hacia otro sitio que las fauces de la muerte?

Observó, fascinada, cómo Dylan se inclinaba hacia delante, dejaba con cuidado la cerveza sobre la mesa y apoyaba los codos en las rodillas, juntando aquellas manos indecentemente hábiles.

Una ola de calor se desató en su interior y se obligó a levantar la mirada hacia sus ojos.

Reprimió un estremecimiento al ver la determinación con que la estaba mirando. Agarró el vaso y tomó otro sorbo, horrorizada al descubrir que la mano le temblaba ligeramente. Le costó un enorme esfuerzo hacer acopio del poco valor que le quedaba, pero si él estaba decidido a ponérselo difícil tenía que encontrar la manera de aligerar la tensión.

—Gracias por invitarme a cenar. No todos los días se tiene a un famoso chef formado en Europa.

La sorprendió el suspiro de Dylan, como si algo le hubiera decepcionado. ¿Ella, tal vez?

—Jenna, deja de irte por las ramas... ¿Estás embarazada de mí?

Capítulo Tres

Dylan maldijo en silencio. Su propósito era mostrase todo lo encantador que podía ser, y nunca había tenido problemas en serlo. Pero ya era demasiado tarde para dar marcha atrás. La pregunta había brotado de sus labios y tanto él como Jenna se habían quedado anonadados. Pensó en alguna manera de remediarlo, pero no se le ocurría nada. Lo que quería era una respuesta. Y solo Jenna Montgomery podía dársela.

Ella se encogió en el sofá. Su cuerpo era menudo y delicado, pero en aquellos momentos parecía diminuta, empequeñecida por el entorno y por la conversación que estaban a punto de tener.

—¿Y bien? —la acució.

—Sí —respondió ella con un susurro ahogado.

Dylan no supo qué decir. Por dentro se sentía como si hubiera anotado un *touchdown* en la Super Bowl, pero también una extraña sensación de desapego, como si lo que acababa de oír no fuera real o él no estuviese implicado. Pero era real e iba a implicarse del todo, le gustara a ella o no.

—¿Pensabas decírmelo algún día o confiabas en que nunca me enterase?

No podía ocultar su profundo resentimiento, pero tampoco quería granjearse la antipatía o el rechazo de Jenna. Al fin y al cabo él tampoco se había molestado en volver a saber de ella hasta aquel día. Fuera como fuera, el futuro de un niño inocente dependía de lo que sucediera aquella noche.

–Quería decírtelo, e iba a hacerlo… cuando lo estimase oportuno. He estado muy ocupada y además me ha costado mucho aceptarlo.

La voz le temblaba, pero Dylan percibió cómo se protegía detrás de sus muros.

–¿Y no pensaste que yo debería haberlo sabido antes?

–¿Qué diferencia habría habido?

Sus palabras lo horrorizaron. ¿Cómo podía preguntarle eso? ¿Acaso creía que para él no supondría ninguna diferencia saber que iba a ser padre? Acababa de perder al suyo. ¿No merecía al menos un motivo de alegría que lo ayudase a soportar el luto? ¿Algo que le diera fuerzas para asumir sus responsabilidades cuando lo único que quería era hundirse en la miseria?

–La habría habido, te lo aseguro –le dijo–. ¿Cuándo lo supiste?

–Tres semanas después de… –dejó la frase sin terminar y esperó a reunir fuerzas para seguir hablando–. Empecé a sospechar que podía estar embarazada y esperé una semana más antes de ir al médico.

Dylan soltó un suspiro entre dientes. Jenna había sabido lo de su embarazo desde hacía mucho tiempo y sin embargo no había querido compartir con él la noticia.

Habían usado protección, pero no había método infalible salvo la abstinencia. Y para Dylan la abstinencia estaba absolutamente descartada con Jenna. Incluso en esos momentos en los que a duras penas conseguía sofocar su ira, el deseo se le desataba en la boca del estómago y le extendía sus tentáculos de fuego por todo el cuerpo.

Nadie le había provocado nunca una atracción semejante a la que seguía despertándole aquella mujer bajita y delgada. Le había hecho perder la cabeza una vez, y seguía ejerciendo el mismo poder sobre él.

Un pitido procedente de la cocina lo devolvió a la realidad, recordándole que la mujer que tenía enfrente era muy distinta a la Jenna con quien había hecho el amor dos meses y medio atrás.

–Enseguida vuelvo –dijo mientras se levantaba con cuidado de ocultar su reacción corporal–. Tengo que ver algo en la cocina.

Le echó un rápido vistazo al estofado de res a la *bourguignonne* que se cocía a fuego lento y al arroz y soltó un gruñido de satisfacción. Continuarían la conversación en la mesa, donde, con un poco de suerte, podría ocultar el efecto que ella le provocaba y mostrar sus mejores modales.

Volvió al salón y dibujó una sonrisa en su rostro.

–La cena está lista. He pensado que podríamos comer en la cocina, si te parece bien.

–Teniendo en cuenta que suelo comer de pie en la tienda o con una bandeja en el regazo cuando estoy en casa, sentarme a una mesa me parece perfecto.

Se levantó y se alisó la ropa, posando la mano sobre el pequeño bulto que revelaba la existencia de una nueva vida. Dylan sintió un fuerte impacto en el pecho. Su hijo. Su carne y su sangre. Todo lo demás pasaba a un segundo plano ante la perspectiva de cuidar y educar a aquel niño.

La idea lo llenó de esperanza y propósito. Los últimos cinco años habían supuesto un duro reto, y aún más los dos últimos meses. Pero aquel niño era un nuevo comienzo. Una razón para echar raíces y devolver el equilibrio que faltaba en su vida. Aquel niño, su hijo o su hija, era lo único que podía sacarlo de la espiral de trabajo que amenazaba con consumirlo. De un modo u otro formaría parte de su vida, de manera permanente si pudiera, aunque eso sería difícil viviendo él en Los Ángeles y Jenna, en Cheyenne. Pero haría lo que hiciera falta para encontrar la solución. Solo necesitaba estar seguro de que Jenna sentía lo mismo.

Ella se acercó y él le puso la mano en el trasero para guiarla a través de la cocina. Sintió que se ponía rígida y oyó que ahogaba un gemido. Saber que no era tan inmune a él como aparentaba le hizo sentirse mejor por la erección que tanto le costaba reprimir.

La acomodó en la mesa de madera y señaló el jarrón con las flores silvestres que había recogido aquella tarde mientras paseaba por la finca.

–Les vendría bien un toque –dijo mientras sacaba los platos del horno y los dejaba en la mesa.

–Están muy bien así –comentó ella, pero no pareció capaz de resistirse y se puso a retorcer los tallos. El resultado fue sencillamente espectacular.

–¿Cómo lo haces? –le preguntó él.

–¿El qué?

–Conseguir que un matojo de hierbajos parezca tan bonito.

Ella se encogió de hombros.

–Supongo que le pillé el truco.

–¿Qué te hizo dedicarte a las flores?

–La verdad es que no lo elegí yo –suspiró–. Me eligieron.

–¿Es un negocio familiar? –sentía curiosidad por saber cómo había acabado bajo el techo de la señora Connell.

Ella se rio.

–No, no es un negocio familiar, aunque cuando empecé a trabajar en la tienda me sentí como en casa.

Lo dijo con una voz tan cargada de melancolía

28

que Dylan tuvo que refrenar su curiosidad. Ya habría tiempo para descubrir todos sus secretos.

Sirvió el arroz en los platos y los colocó en la mesa.

–Tiene un aspecto delicioso –observó Jenna, inclinándose para inhalar el aroma–. Y huele que alimenta. Sinceramente, creo que tus habilidades culinarias superan con creces a las mías con las flores. No puedo ni calentar un plato precocinado sin quemar algo.

Dylan fingió horrorizarse.

–¿Platos precocinados? Vas a tener que cuidar mucho más la alimentación a partir de ahora.

Agarró el cucharón y le sirvió una generosa ración de carne antes de servirse a sí mismo, pero ella no hizo ademán de comer y se limitó a mirarlo con la boca apretada y el ceño fruncido.

–¿Qué pasa? –le preguntó él.

–No he venido para que me digan lo que tengo que hacer. Quizá sea mejor que me vaya.

Empujó la silla hacia atrás, pero Dylan la agarró de la mano antes de que pudiera levantarse.

–Está bien. No te diré lo que debes comer, pero tendrás que admitir que me cueste no hacerlo. Al fin y al cabo a eso me dedico. Está en mi naturaleza alimentar bien a las personas.

También estaba en su naturaleza levantarla de la silla, llevarla a la superficie despejada más cercana y revivir la pasión que habían compartido.

Ella bajó la mirada a la mano que le sujetaba la muñeca y él despegó lentamente los dedos.

–De acuerdo –murmuró, y volvió a arrimarse a la mesa. Se llevó un trozo de carne a la boca y cerró los ojos con un gemido de placer. El cuerpo de Dylan reaccionó al instante–. Está riquísima –volvió a abrir los ojos y Dylan se permitió contemplar por un segundo su intenso color chocolate, pero enseguida se obligó a apartar la mirada y centrarse en su plato.

–Gracias. Me alegra que te guste –dijo con una despreocupación que estaba lejos de sentir. Dijera lo que dijera o cualquiera que fuese la reacción de Jenna, nunca había experimentado una atracción tan fuerte por nadie. Y aunque podía aprovecharse de aquel deseo, tenía el presentimiento de que Jenna Montgomery era más terca de lo que su presencia femenina insinuaba en la mesa.

–¿La carne procede del rancho? –le preguntó ella mientras se llevaba otro trozo a la boca.

Dylan se quedó momentáneamente distraído por sus labios cerrándose alrededor del tenedor y la media sonrisa que esbozó mientras masticaba con deleite.

–Sí, del Big Blue. Lo mejor de lo mejor.

–Tu primo dirige el rancho, ¿no? ¿Chance Lassiter?

–Y lo hace muy bien. Lo lleva en la sangre –y allí estaba el problema. Sage y él habían sido criados por la familia Lassiter, pero no eran Lassiter de nacimiento como Chance y Angelica. Era una de las razones por las que aquel niño significaba más para Dylan de lo que nunca hubiera imaginado. Aquel niño era parte de su legado. La verdadera huella que dejaría en el mundo. Hacerse rico y famoso dedicándose a lo que le gustaba estaba muy bien, pero nada podía compararse a tener un hijo y prepararlo para la vida.

–¿Has pensado qué vas a hacer cuando nazca el niño? –preguntó, cambiando de tema deliberadamente.

–¿A qué te refieres?

–A tu trabajo.

–Me las arreglaré. Supongo que los primeros meses podré llevarme al niño al trabajo conmigo.

Dylan asintió.

–Sí, buena idea… al principio.

–¿Perdón?

Él la miró con perplejidad, pero su desconcierto no duró mucho.

–Bueno, también es hijo mío. Mi opinión cuenta –intentó mantener un tono neutro, pero su frustración debió de notarse.

–Dylan, por lo que a mí respecta, que tengas derecho a formar parte de la vida de este niño no significa que puedas influir en mi manera de criarlo.

–¿Y cómo piensas hacerlo? ¿Dejarme que venga a visitarlo de vez en cuando y ya está?

–Más o menos. Tú pasas la mayor parte del tiempo en Los Ángeles, o viajando por el mundo… En cualquier lugar menos aquí, donde estaremos el niño y yo. No te impediré que lo veas, naturalmente, pero seré yo la que me haga cargo de él.

No, las cosas no iban a quedar así. Dylan apretó los puños sobre la mesa y respiró profundamente.

–Muy bien por ti, pero tengo otra sugerencia mucho más ventajosa para todos.

Ella lo miró con asombro.

–¿De qué se trata?

–De que nos casemos y criemos juntos a nuestro hijo.

Para disgusto suyo, Jenna soltó una carcajada acompañada de fuertes resoplidos.

–¿Tan imposible te parece? –le preguntó él.

–¿Imposible? Es absurdo, Dylan. Apenas nos conocemos.

Él asintió.

–Es cierto, pero eso tiene fácil solución.

–¿De verdad me estás hablando en serio?

–Totalmente.

–No… No saldría bien. Ni en un millón de años.

–¿Por qué no? Ya sabemos que somos…´–se detuvo un momento y bajó dramáticamente la mirada hacia su cuello y más abajo– compatibles.

–El sexo no puede ser la única base de un matrimonio –protestó ella.

–Pero es un buen comienzo.

Las mejillas de Jenna se cubrieron de rubor. ¿Sería por indignación, enojo… o tal vez por deseo?

–Para mí no. ¿Podemos convenir en que discrepamos en el asunto del matrimonio? Ya te he dicho que no te pondré ninguna traba para que veas a tu hijo. ¿Qué tal si lo dejamos así por el momento?

–Como quieras. Por el momento. Pero hay algo que debes saber de mí, Jenna, y es que nunca, nunca me rindo. Y menos cuando se trata de algo tan importante como esto.

Capítulo Cuatro

A Jenna se le iba a salir el corazón del pecho. Dylan parecía hablar completamente en serio. Una propuesta de matrimonio era lo último que se hubiera esperado de él en aquella cena.

Sin duda habría muchas mujeres dispuestas a aprovechar la oportunidad, pero ella no era así. Dylan tenía su vida en Los Ángeles, y si últimamente pasaba más tiempo en Wyoming era por la inauguración del nuevo restaurante en Cheyenne. Una vez que estuviera abierto y funcionando él volvería a la Costa Oeste, a seguir acaparando la prensa del corazón en compañía de sus exuberantes mujeres.

No, casarse con Dylan Lassiter era absolutamente impensable. Tomó otro pedazo de carne y mientras se derretía en su boca jugueteó con la idea de comer así todos los días. Entonces se imaginó a Dylan con un delantal y poco más, y…

No, no, no, se reprendió en silencio. Ella lo quería todo en una relación y nunca se había conformado con menos. Por eso apenas había salido con hombres. Y por eso el comportamiento que había tenido con Dylan en marzo solo podía calificarse de aberración.

Sabía que la gente empezaría a hacerse preguntas cuando advirtieran su embarazo. Preguntas incómodas. Su reputación quedaría por los suelos. No debería preocuparla, pero así era. Ya había sido el centro de las críticas con anterioridad y desde entonces se había esforzado mucho para evitarlo.

—Me alegra que reconozcas lo importante que es nuestro hijo. Estoy de acuerdo contigo, y por eso no voy a precipitarme en tomar hoy ninguna decisión.

—Tú también eres importante, Jenna —repuso él tranquilamente.

Jenna sintió que un destello de ilusión le brotaba en el pecho, pero no fue más que un espejismo efímero, incapaz de resistir al envite de la realidad.

—No me mientas, Dylan. Los dos sabemos que ninguno ha hecho nada por contactar con el otro hasta hoy. De hecho, si no fueras a abrir el nuevo restaurante en la ciudad ni siquiera estaríamos ahora aquí sentados.

—No sé tú, pero yo he pensado mucho en aquella noche.

Jenna no pudo sofocar el cálido hormigueo en el estómago que le provocaron las palabras de Dylan.

—¡No!

—¿No qué? ¿Acaso no lo pasamos muy bien juntos? Dime que no has pensado en nosotros, en lo que hicimos… y que no has querido volver a hacerlo. Aunque solo fuera para comprobar que no fue una simple casualidad.

–No… –se vio invadida por un anhelo tan fuerte que no consiguió expresar su rechazo.

Tuvo que hacer un enorme esfuerzo mental para borrar la imagen que ardía en su cabeza. No había hecho falta más que un comentario de Dylan para que volviera a prender, ya que siempre había estado allí, en un rincón de su mente, esperando a brotar con más fuerza que nunca. Se retorció en el asiento, incómoda y anhelante. Deseaba a Dylan. Y deseaba mucho más.

–Está bien –murmuró secamente–. Lo pasamos muy bien juntos, pero con eso no basta para construir un futuro en común. Somos muy diferentes. Nuestras vidas apenas si se cruzan.

–Eso no quiere decir que no puedan cruzarse. ¿No quieres intentarlo?

Parecía tan honesto, sentado frente a ella… Sería muy fácil ceder a la tentación, pero Jenna había trabajado muy duro y durante mucho tiempo como para pensar siquiera en renunciar a su libertad, por no hablar del respeto que se había granjeado en la sociedad.

Ella misma había sido el resultado de un matrimonio apresurado y malogrado en todos los aspectos y que solo había conducido a la desgracia y el sufrimiento. Por nada del mundo castigaría a su bebé con algo igual. No importaba lo atractivo que fuera el padre o lo mucho que ella lo deseara. Al fin y al cabo, ¿qué sabía él del matrimonio o del compromiso? Su primer encuentro era el ejemplo perfecto de la clase de vida impulsiva y despreocupada que llevaba. Cuando quería algo, lo tenía y luego lo abandonaba. Jenna no podía arriesgarse a que hiciera lo mismo con su hijo ni con ella. Jamás.

–No –respondió con convicción–. No quiero. No insistas, Dylan, por favor.

–Está bien –concedió él, y ella sintió que los hombros se le relajaban–. Por ahora.

La tensión volvió otra vez. Él le sonrió y ella tuvo que rendirse a la evidencia: no había nada en él que no la hiciera arder en llamas. En cuanto a sus valores morales… eso ya era otra cuestión. Claro que tampoco ella podía presumir de haber tenido un comportamiento intachable.

–No pongas esa cara tan seria, Jenna. ¿Qué te parece si firmamos una tregua por esta noche?

Su voz era cálida, persuasiva. Y a punto estuvo de ser la perdición de Jenna.

–De acuerdo, una tregua –aceptó, y volvió a la comida.

Estaba realmente deliciosa, y por mucho que odiase admitirlo Dylan tenía razón al decir que debería comer mejor. Las vitaminas prenatales y suplementos la ayudaban a soportar la creciente fatiga, pero nada podía sustituir una dieta equilibrada y un descanso adecuado.

–¿Más? –le preguntó Dylan cuando ella acabó el plato.

–Estoy llena –se recostó en la silla con una sonrisa–. Estaba exquisito, gracias.

–¿No has dejado un hueco para el postre? Hay tarta de queso con chocolate…

–¿Cómo voy a negarme?

Dylan sacó la tarta del frigorífico y Jenna casi se derritió de placer.

–¿También la has hecho tú?

–No, esta no. Es uno de los postres que vamos a ofrecer en el restaurante –le sirvió un gran trozo en un plato–. La recogí esta tarde.

Ella se llevó ávidamente la cuchara a la boca.

–¿Qué tal?

–Absolutamente divina. No me hables, que me desconcentras.

Él se echó a reír y el sonido de su risa envolvió el corazón de Jenna como un fuerte abrazo. Qué fácil sería enamorarse de un hombre como Dylan Lassiter… Alto, atractivo, millonario, un portento en la cama y encima era un chef de primera que casi podía llevarla al orgasmo con sus platos.

«Alto ahí», se advirtió a sí misma. Pero era demasiado tarde. La excitación se le propagó por todo el cuerpo como un fuego descontrolado. Los pezones se le endurecieron dolorosamente contra el sujetador y supo que Dylan se daba cuenta al bajar la mirada.

–Recuérdame que te sirva tarta de queso más a menudo –le dijo con voz ahogada–. Voy a hacer café. ¿Te apetece?

–Prefiero té, por favor –respondió ella mientras intentaba controlar sus hormonas.

Dylan se levantó y se dio la vuelta, pero no antes de que ella viese que también su cuerpo había reaccionado. Al parecer la innegable atracción que existía entre ellos no daba muestras de debilidad. ¿Qué demonios iba a hacer?

Nada. Nada en absoluto. Tomarían té y tal vez discutieran un poco más sobre el bebé, pero no harían nada para dar rienda suelta al deseo. No había más que recordar adónde los había llevado la última vez.

Dylan se tomó su tiempo preparando el café. Aquello no tenía ningún sentido. ¿Por qué Jenna no podía ver que estaban hechos el uno para el otro? ¿Por qué se resistía a explorar la innegable atracción que sentía por él y que avivaba la suya propia hasta casi hacerlo enloquecer?

Menudo cavernícola estaba hecho, pensó mientras calentaba el agua. Nunca le había pasado con nadie, pero con Jenna sentía el alocado impulso de agarrarla por el pelo y arrastrarla hasta su guarida para hacerle el amor hasta doblegar su voluntad.

Sacudió la cabeza para borrar aquella imagen inaceptable. Le gustaba que sus mujeres se entregaran voluntariamente. Nunca había empleado la fuerza ni la intimidación y nunca lo haría. Tenía que convencer a Jenna de que hacían buena pareja para casarse y criar un hijo en común.

Oyó el arañazo de su cuchara en el plato al acabar la tarta de queso y volvió a la mesa con las bebidas en una bandeja.

–¿Nos tomamos esto en el salón? –sugirió.

–Claro.

Se levantó para seguirlo y Dylan se fijó en su barriga, donde su hijo crecía lentamente. De pronto se vio invadido por una emoción desconocida. Una feroz sensación de apego como nunca antes había sentido y de la que estuvo seguro que ya nunca lo abandonaría. Sabía que era posible querer al hijo de otra persona, él mismo había sido el hijo de otra persona. Pero por alguna razón, saber que era su hijo o su hija el que Jenna llevaba dentro le hacía sentir una felicidad incomparable.

Y también supo que haría lo que fuera, hasta dar su vida si era necesario, para que su hijo tuviera lo mejor.

–¿Cuándo saldrás de cuentas? –le preguntó después de tomar un sorbo de café.

–La primera semana de diciembre, si todo sale bien.

–Un hijo para Navidad… –reflexionó en voz

alta, asombrado del cambio que podría dar su vida en un año.

–Todo será muy distinto, eso seguro.

–¿Qué tienes pensado hacer? –necesitaba saber todo lo que ya había hecho y lo que quería hacer el resto de su embarazo.

–Bueno, he empezado a buscar algunas cosas para el cuarto del bebé. La semana pasada encontré un moisés en un mercadillo de segunda mano. Quiero revestirlo y conseguir también una bañera plegable para poder usarla tanto en la tienda como en casa.

Dylan reprimió el escalofrío al pensar que su hijo tuviera que arreglárselas con cosas usadas. ¿Sería la reacción propia de un esnob? Seguramente. Su hermano y él lo habían compartido todo de niños y no había nada malo en ello, pero su deseo era ir a la tienda más cercana y comprar todo lo necesario para su hijo.

Jenna le leyó el pensamiento.

–¿Qué pasa? ¿Crees que nuestro hijo vale demasiado para una cuna de segunda mano?

–La verdad es que estaba pensando en lo que podría hacer para ayudar económicamente –dijo él, midiendo con cuidado sus palabras.

Si Jenna se dedicaba a buscar gangas en mercadillos de segunda mano no debía de andar muy bien de dinero.

–Puedo arreglármelas sola –dijo ella a la defensiva.

–La cuestión es que no tendrías por qué arreglártelas. Hablaba en serio cuando te dije que formaré parte de la vida del niño, y no me refiero solo a las visitas ocasionales. Estaré encantado de manteneros a los dos.

–Gracias –respondió ella con un suspiro–. No será necesario, pero agradezco tu oferta.

–Oye –le agarró una mano y comparó la diferencia de tamaño. Al verla tan pequeña y delicada sintió la necesidad de protegerla a toda costa. Pero no podía decírselo de aquella manera–. Esto lo empezamos juntos y así vamos a seguir.

Ella lo miró con los ojos humedecidos.

–¿Crees que será posible? ¿Que podamos seguir siendo amigos?

–Pues claro que sí.

–No va a ser fácil.

–Nada que merezca la pena puede ser fácil –se prometió a sí mismo que, pasara lo que pasara, no dejaría que Jenna se quedara sola. De un modo u otro conseguiría hacerla cambiar de opinión sobre el matrimonio. Estando de nuevo en su vida no quería perderla de nuevo.

Había una buena razón por la que no había podido dejar de pensar en ella. Y al fin tenía el estímulo para averiguar cuál era esa razón.

Capítulo Cinco

Cuando Jenna se levantó para marcharse estaba tan cansada que apenas podía moverse. Se alegró de que al día siguiente fuera domingo y poder descansar y pensar en todo lo ocurrido desde que Dylan Lassiter volviera a entrar en su vida.

–Es tarde –dijo mientras reprimía un bostezo–. Será mejor que me vaya a casa. Gracias por todo.

–De nada –respondió Dylan. Se levantó y volvió a ponerle la mano en el trasero.

El cuerpo de Jenna respondió instantáneamente a pesar del cansancio. Qué fácil sería rendirse al deseo, girarse hacia él, apretarse contra su recio y poderoso cuerpo y volver a aceptarlo tras las barreras que había erigido tras su breve y apasionado primer encuentro.

Pero lo que hizo fue poner un pie delante del otro y dirigirse hacia la puerta.

–¿Estás bien para conducir? –le preguntó él con el ceño fruncido–. No me importa llevarte a casa. Puedo llevarte el coche mañana.

–No, gracias. Estoy bien.

–La autosuficiencia es una virtud admirable, pero también lo es aceptar ayuda de vez en cuando.

–Lo sé, y pediré ayuda cuando la necesite –respondió ella con firmeza.

Podía sentir el calor que emanaba de su cuerpo junto a la embriagadora fragancia de su colonia. La acuciaba a hacer alguna locura, como morderle la mandíbula o enterrar la nariz en la base del cuello. Si no salía de allí enseguida perdería la cabeza.

–De nuevo gracias por esta noche.

–De nada. Aún tenemos mucho de qué hablar. ¿Te parece bien si seguimos en contacto?

Jenna dudó. Quería decir que no, pero tenía que decir que sí. Asintió rápidamente y salió a toda prisa, pero él se mantuvo pegado a ella hasta que llegaron al coche. Le abrió la puerta y esperó a que se hubiera sentado al volante para inclinarse.

–¿Y estos dados? –le preguntó, riendo, al ver los dados rojos que colgaban del espejo retrovisor.

–Algún día me gustaría tener un descapotable rojo –dijo. Era un sueño que siempre había tenido, pero con un bebé en camino no iba a poder cumplirlo en un futuro cercano. O tal vez nunca.

–¿Clásico o moderno?

–Clásico, por supuesto.

Él le guiñó un ojo.

–Esta es mi chica.

Jenna se sintió ridículamente halagada por su aprobación. No debía importarle lo que Dylan pensara de sus sueños. Eran irrealizables. Los lujos no entraban en el presupuesto.

–Buenas noches –se despidió, mirando la mano que Dylan mantenía en la puerta.

Entonces él la sorprendió sujetándole la barbilla, girándole la cara y besándola brevemente en los labios.

–Buenas noches –se irguió y se apartó de la puerta–. Conduce con cuidado.

A Jenna le temblaban las manos al arrancar el motor y agarrar el volante. Mientras giraba para enfilar el camino de entrada intentó buscar consuelo en la indignación. Dylan lo había hecho a propósito, solo para demostrar que eran compatibles. Ella sabía hasta qué punto eran compatibles sexualmente. La cuestión era si podían serlo como padres. Se habían saltado unos cuantos pasos cruciales, y ya era demasiado tarde para dar marcha atrás.

Su propuesta de matrimonio era absolutamente disparatada. Miró por el espejo retrovisor la casa, iluminada, tan inalcanzable como lo sería una relación con Dylan Lassiter. Se obligó a mirar al frente, hacia su futuro. Si quería conservar la cordura tendría que esforzarse a fondo para mantener las distancias con Dylan.

No se sintió mejor ni cuando metió el coche en el garaje y cerró la puerta con el mando a distancia. Volver a ver a Dylan la había perturbado profundamente. Ya había sufrido bastante caos en su vida. Por eso se había dejado la piel para hacer las cosas bien cuando Margaret Connell se hizo cargo de ella después de que encarcelaran a su padre. La presencia de la señora Connell, firme pero constante, había sido un pilar fundamental para una quinceañera descarriada. No solo le ofreció un hogar, sino también un rumbo para encauzar su vida. Le pagó un sueldo por las horas que se pasaba limpiando la floristería después de la escuela y le enseñó a preparar ramos sencillos para los clientes que buscaban algo rápido y simple.

Al acabar el instituto ya sabía lo que quería hacer en la vida. Estudió la carrera de Empresariales mientras seguía trabajando en la floristería, y finalmente la señora Connell le vendió el negocio y se marchó a Palm Springs a disfrutar de su merecida jubilación, convencida de que el trabajo que había hecho con Jenna y con la tienda no había sido en vano.

Jenna calculó la diferencia horaria entre Cheyenne y Palm Springs. Aún no era tarde para llamar a la señora Connell. Necesitaba desesperadamente el consejo de alguien más vieja, más sabia y más fuerte que ella. Pero eso supondría contarle a otra persona cómo se había metido en aquella situación y confesar un comportamiento del que no se sentía precisamente orgullosa. Lo último que Jenna quería oír en la voz de su tutora era decepción.

Se bajó del coche, entró en casa y se preparó

para irse a la cama. A pesar de todo lo que le había dicho Dylan sobre formar parte de todo, nunca se había sentido más sola y confundida en su vida.

¿Sería Dylan igual de generoso y comprensivo si supiera quién era ella y cómo había sido su vida?

Un día su padre volvió a casa del trabajo, cuando Jenna tenía nueve años, y descubrió que su madre los había abandonado para irse en un crucero a perseguir su sueño de ser cantante. Al año siguiente su padre también abandonó Nueva Zelanda para volver a Estados Unidos, su tierra natal, donde le repitió a Jenna una y otra vez que la suerte estaba a la vuelta de la esquina.

Por desgracia, su idea de suerte consistía en valerse de su atractivo y encanto para desplumar a mujeres mayores y adineradas. Hasta que un día fue demasiado lejos y… Jenna empujó el recuerdo al fondo de su mente, donde debía estar. Había aprendido por las malas lo que significaba ser un personaje público y lo crueles que podían ser los medios de comunicación. Por su bien y el de su hijo haría lo que hiciera falta para que su vida privada siguiera siendo privada.

Dylan salió silbando del concesionario, deleitándose con la brisa que le agitaba los cabellos. El rugido del motor V8 bajo el reluciente capó rojo

47

reverberaba en sus venas. Hacía un día perfecto para un picnic en compañía de la persona adecuada.

Se pasó un momento por el restaurante para asegurarse de que todo iba bien, hizo acopio de comida y bebida e introdujo en el GPS la dirección de Jenna, que había conseguido en una guía telefónica. Sentía curiosidad por ver dónde vivía... y dónde pensaba criar a su hijo. Pronto tendría que hacerse a la idea de una mudanza, porque estando él en medio no iba a permitir que vivieran separados. Lo único que tenía que hacer era convencerla.

Al girar en el camino de entrada tuvo que reconocer que estaba sorprendido. El barrio era nuevo y elegante, y en los jardines delanteros se veían bicicletas, balones y monopatines. Aún no había visto a ningún vecino, pero se respiraba un agradable aire de comunidad. No era raro que Jenna se sintiera cómoda viviendo allí.

Vio que las cortinas de las casas adyacentes se movían y sonrió mientras apagaba el motor. Le reconfortaba saber que Jenna podría contar con sus vecinos cuando él estuviese fuera.

Se bajó del coche, impaciente por verla, y llamó al timbre. Nada. Esperó un minuto y volvió a intentarlo.

−¿Busca a alguien? −le preguntó una mujer desde el jardín vecino.

–Sí, señora –respondió con una sonrisa–. ¿Está Jenna en casa?

La mujer se ruborizó.

–Está en jardín trasero. Siga el camino por el lateral de la casa y la encontrará.

–Muchas gracias.

Rodeó la casa y la encontró arrodillada junto a un rosal, arrancando vigorosamente las malas hierbas y arrojándolas a un cubo.

–Parece un trabajo muy duro. ¿No quieres tomarte un descanso?

Jenna dio un respingo al oírlo y alzó la vista, apartándose el pelo de los ojos.

–No, gracias. Alguien tiene que hacerlo.

–¿Por qué no buscas a alguien que te ayude?

–En primer lugar, porque no tengo dinero para pagar a nadie, y en segundo, porque me gusta hacerlo.

Dylan observó la mancha de tierra en la mejilla y las sombras bajo los ojos.

–Si me dices lo que hay que hacer, ¿me dejarás que te ayude y que luego te lleve a dar una vuelta?

–¿Lo dices en serio?

–Pues claro.

Ella frunció los labios, avivándole a Dylan el deseo de besarla. El casto beso de la noche anterior solo había servido para excitarlo aún más.

–Lo último que quieres es ponerte a arrancar hierbajos.

Él se encogió de hombros.

–Mentiría si te dijera que lo estoy deseando, pero haré lo que sea necesario para conseguir mi objetivo.

Ella entornó los ojos.

–¿Y tu objetivo es…?

–Llevarte a comer.

–No estoy vestida para salir a comer.

–No pasa nada. He preparado un picnic.

Una expresión de anhelo sustituyó la desconfianza de su mirada.

–¿Un picnic? Nunca lo he hecho.

–¿Nunca? –repitió él sin disimular su asombro–. En ese caso, vamos a remediarlo hoy mismo –se acercó y le quitó los guantes de jardinería–. Los hierbajos seguirán aquí cuando volvamos.

–Por desgracia.

–Ya te preocuparás por ellos más tarde. Ahora ven conmigo.

Ella se mordió el labio, mirando fijamente la mano que él aferraba.

–¿No deberías estar trabajando? Falta poco para la inauguración, ¿no?

–Sí, pero ya he estado hoy en el restaurante y todo está bajo control. Además, soy el jefe y puedo tomarme el tiempo libre que quiera. ¿Quieres venir o no?

–Está bien. Pero deja que me lave antes un poco. Dame diez minutos.

–Claro –por mucho que deseara ver su casa por dentro no quería presionarla. Ella había aceptado irse de picnic con él y eso ya era un triunfo–. Te espero delante de la casa.

La puerta se cerró tras ella y Dylan se tomó un momento para examinar el jardín. Era bonito y colorido, pero no sería allí donde su hijo jugara. Los niños necesitaban espacio, y él iba a cerciorarse de que su hijo lo tuviera.

Jenna se cambió rápidamente la ropa sucia por una camiseta y unos vaqueros. Se sorprendió al no poder abrocharse el botón. Los cambios en su figura empezaban a ser importantes.

Se lavó la cara y se puso un poco de crema. Intentó peinarse, pero le fue imposible deshacer los enredos que le había dejado una noche sin dormir. Se limitó a sujetarse el pelo con unas cuantas horquillas y se ató un pañuelo alrededor de la cabeza.

Se miró al espejo y sonrió, satisfecha. La camiseta era larga y holgada y el sujetador era más grueso que el de la noche anterior. Con aquella ropa se sentiría razonablemente segura.

Al salir al porche se detuvo en seco. Allí, en su camino de entrada, estaba aparcado el coche con el que siempre había soñado. Era como si Dylan le hubiese leído la mente, pensó mientras admiraba el Cadillac rojo con ruedas de bandas blancas y la capota bajada. El coche de sus sueños… Del espejo retrovisor colgaban unos dados rojos idénticos a los suyos.

Dylan estaba apoyado en la puerta del pasajero. Se enderezó y le sonrió.

–¿Te gusta?

Jenna estaba tan anonadada que apenas podía caminar hacia él.

–Me encanta. Pero ¿cómo…? –sacudió la cabeza–. ¿Lo has alquilado?

–No. Lo he comprado esta mañana.

–¿Qué lo has comprado, dices? ¿Así sin más?

Él levantó las llaves y las agitó delante de su cara.

–¿Quieres conducir?

–¡Claro que quiero! –le arrebató las llaves y echó el bolso en el asiento trasero antes de sentarse al volante–. No me lo puedo creer… –dijo mientras acariciaba el volante y el salpicadero–. ¿De verdad lo has comprado?

Dylan se sentó a su lado y le dedicó otra de sus arrebatadoras sonrisas.

–De verdad. ¿Qué te parece si vamos a la reserva de Crystal Lake y buscamos un buen lugar para comer?

Haría falta casi una hora para llegar hasta allí, y Jenna iba a disfrutar enormemente de cada segundo.

–Vamos allá –le dijo, sonriéndole.

Él la miró, su expresión se tornó seria y levantó una mano para acariciarle la mejilla con un dedo.

–¿Sabes que eres preciosa?

Jenna no supo qué decir. Sus palabras y su tacto hicieron que el estómago le diera un vuelco. Quería rechazar el cumplido, pero al mismo tiempo quería guardarlo en su corazón para siempre.

Dylan dejó caer la mano, rompiendo el hechizo.

–Vamos, arranca.

El poderoso rugido del motor le provocó un estremecimiento de emoción por la espalda.

–No me puedo creer que lo hayas comprado –dijo mientras salía a la calle–. ¿Qué ha sido, un impulso?

–¿Y por qué no? –se encogió de hombros–. Lo he comprado para ti.

Capítulo Seis

La expresión de Jenna cambió del entusiasmo al horror y frenó tan bruscamente que Dylan se vio lanzado hacia delante.

–Con cuidado, cariño.

–Dime que no lo has hecho.

–¿Que no he hecho qué?

–Comprarme este coche.

–Si te lo dijera te mentiría.

–No puedo aceptarlo –sacudió la cabeza con vehemencia–. Es una locura.

–Es lo que es –dijo él, pero Jenna ya se había bajado del coche, dejando el motor en marcha y la puerta abierta y estaba de pie en la acera.

Dylan se bajó también y se acercó, pero ella levantó las manos para detenerlo. Estaba temblando.

–¿Qué ocurre?

–Estás intentando comprarme, ¿verdad? –la voz le temblaba y se había puesto pálida–. Estás intentando que haga lo que tú quieres.

–Jenna, este coche no es más que un regalo.

–¡Menudo regalo! –espetó ella, echando fuego por los ojos–. Sé lo que vale un coche como este.

–No soy pobre. Quiero que tengas lo mejor.

–¿Por qué?

–¿Cómo que por qué? –preguntó él, confundido.

–Sí, ¿por qué? ¿Por qué yo? ¿Por qué ahora? Anoche te dije que apenas nos conocemos. Tuvimos una aventura y vamos a tener un hijo, eso es todo. No hay nada más entre nosotros, ¿y de repente me compras un Cadillac?

–Puede que lo haga porque puedo hacerlo. Puede que necesite demostrarte que puedo cuidar de ti, que no tienes por qué hacerlo todo tú sola y que no hay ningún motivo para que sigas rechazándome. Vamos a tener un hijo, en efecto… Juntos. Ya sé que lo estamos haciendo todo al revés, pero quiero conocer a la madre de mi hijo. Quiero ver si podemos ser una pareja.

Jenna apartó la mirada, pero no antes de que Dylan advirtiera el brillo de las lágrimas. Una de ellas le resbaló por la mejilla y Jenna se la frotó furiosamente, como las otras que siguieron.

–No quiero el coche –dijo entre dientes–. No me dejaré comprar.

–Muy bien. Mañana lo devolveré. Pero ¿no podemos disfrutarlo hoy? –la rodeó vacilante con los brazos y la apretó contra él. Ella levantó el rostro y parpadeó con fuerza para contener las lágrimas. Era una chica dura, de eso no había duda.

–¿Solo por hoy?

–Sí, si es eso lo que quieres.

–¿Entonces ya no es mío?

–No.

Dylan lamentó tener que despedirse de aquella maravilla roja, pero si era lo que hacía falta para empezar a ganarse la confianza de Jenna, lo haría sin dudarlo. Jenna miró el coche con expresión anhelante, pero su sentido de la moralidad le impedía aceptarlo.

–¿Jen? –la llamó al ver que no era el único que la estaba mirando. Los vecinos los observaban desde las ventanas.

–¿Qué?

–No quiero agobiarte, pero ¿qué te parece si nos vamos? Estamos dando un espectáculo.

–Oh, Dios… –respiró profundamente–. Bien, vámonos. Pero conduces tú.

Él no discutió. La hizo sentarse en el asiento del copiloto y él ocupó el lugar del conductor.

–¿Estás bien? –alargó el brazo y le apretó la mano.

–Sí. Tú solo conduce, ¿de acuerdo?

–Como desees.

El trayecto hasta la reserva transcurrió en silencio. Dylan le lanzó varias miradas discretas a Jenna y se alivió al ver que su cuerpo empezaba a relajarse a medida que se alejaban de Cheyenne. En la carretera que conducía a la reserva buscó un lugar desde el que se divisara el lago y emitió un gruñido de satisfacción al encontrarlo. Entre los árboles se veía la resplandeciente superficie del lago, donde se reflejaban las formaciones rocosas y la exuberante vegetación que lo circundaba.

Dylan se bajó del coche, sacó del maletero una manta y una cesta de picnic y le pasó la manta a Jenna.

–Toma, elige el sitio que más te guste. Yo llevo la comida y la bebida.

Ella agarró la manta sin decir nada y se dirigió en dirección al agua. Cuando él la alcanzó ella había extendido la manta en un pequeño claro soleado.

–Lo… lo siento. Por lo de antes. Supongo que mi reacción te pareció desproporcionada.

–Un poco, pero no pasa nada. No tienes de qué disculparte.

–Claro que sí. Solo intentabas ser amable y yo te… –desvió la mirada hacia el agua, como si buscase algo que le diera fuerzas para pronunciar las palabras. Dylan esperó en silencio, observando la batalla interna que se reflejaba en su rostro–. No me gusta que la gente crea que puede comprar a alguien con regalos caros, ni cuando esa otra persona los acepta.

Dylan se rascó la mandíbula, pensativo. Intuía que Jenna ocultaba algo, y esperó que algún día se lo contase.

–Entendido y anotado –respondió, dejando la cesta y la nevera en la manta.

–Estás muy enfadado conmigo, ¿verdad?

–Enfadado no. Decepcionado, tal vez, de que no te sientas capaz de aceptar el regalo. Pero ya soy mayorcito. Lo superaré.

«Y encontraré la manera de llegar hasta ti», se prometió a sí mismo.

Abrió la nevera y le ofreció a Jenna una botella de agua mineral.

–¿Italiana? –dijo ella al leer la etiqueta–. ¿Es que nunca te conformas con nada normal?

–Define «normal».

Ella se mordió el labio.

–Barato.

–¿Por qué debería hacerlo?

–Porque algún día quizá te arrepientas de haber despilfarrado tanto. ¿Y si el mercado se hunde y Lassiter Grill Corporation va a la quiebra?

–Eso nunca ocurrirá –replicó él con una sonrisa–. A la gente le gusta comer, y sobre todo comer bien. Además, hoy en día hay una mayor concienciación sobre la manera de criar a los animales destinados al consumo. El ganado del Big Blue crece libremente en los prados y se alimenta de hierba. En Lassiter Grill se sirve la mejor carne del país, y mi objetivo es que nuestro personal y nuestros platos estén siempre a la altura de las expectativas.

–Estás muy seguro de ti mismo.

–Sí, supongo que sí. Pero no siempre he sido así. Fue gracias a J.D. y la educación que me dio.

—Perdiste a tus padres cuando eras muy pequeño, ¿no?

—Sage tenía seis años y yo, cuatro. Apenas me acuerdo de ellos, pero Sage... –suspiró– para él fue un golpe muy duro. Desde el primer día se rebelaba contra todo lo que J.D. dijera.

—Siempre deseé tener un hermano o una hermana.

—¿Eres hija única?

—Única y solitaria –dijo ella en tono ligero, pero se adivinaba la verdad tras sus palabras.

—¿Dónde creciste?

—Nací en Nueva Zelanda y crecí allí hasta que mis padres se separaron.

—En Nueva Zelanda, ¿eh? Ya decía yo que tenías un poco de acento.

—Qué va –protestó ella–. Cuando supimos que mi madre había muerto, mi padre hizo las maletas y nos vinimos a Estados Unidos. No tardé en perder el acento en el colegio.

—¿Por qué os vinisteis aquí?

—Mi padre era estadounidense. Viajamos un poco por el país y al final me instalé en Cheyenne. El resto, como se suele decir, es historia.

Una historia muy triste, por lo que Dylan podía intuir. En un intento por animarse, se volvió hacia la cesta y sacó los sándwiches de pan integral y la fruta cortada en pedazos.

—Te prometo que lo he preparado yo todo y que

me he cerciorado de lo que puedes y no puedes comer estando embarazada –le dijo mientras colocaba los platos entre ellos.

Jenna agarró un sándwich y examinó el contenido.

–¿Quieres decir que has lavado tú mismo la lechuga?

–Con mis propias manos… Pero no se lo digas a mis empleados o querrán que lo haga yo todo.

Comieron en agradable silencio y Dylan lo recogió todo al acabar mientras ella contemplaba el lago.

–Dime por qué nunca has ido de picnic –le pidió, interrumpiendo su ensimismamiento.

Ella tardó un poco en responder.

–Supongo que nunca he tenido oportunidad de hacerlo. Me ha gustado mucho. Gracias.

Dylan sabía que ocultaba algo más, pero decidió conformarse con eso por el momento y llenó el silencio con las historias de su infancia, cuando él y Sage saqueaban la cocina de su tía para hacer un picnic. La hizo reír y le encantó ver cómo se le iluminaba el rostro.

No pasó mucho rato hasta que Jenna se tumbó al sol y cerró los ojos. Segundos después se quedó dormida. La temperatura era suave, pero soplaba un poco de viento y Dylan fue al coche a por su sudadera y arropó con ella a Jenna.

Se tumbó a su lado, deseando que fueran una

pareja y así poder abrazarla y calentarla con su cuerpo mientras dormía.

Todo a su tiempo, se convenció a sí mismo. Todo a su tiempo.

Jenna se despertó con un escalofrío cuando una sombra ocultó el sol. Abrió los ojos y vio una nube desplazándose lentamente por el cielo. Entonces se percató de que tenía algo cubriéndola y lo levantó para ver qué era. ¿La sudadera de Dylan? Un delicioso calor la invadió al pensar en lo considerado que había sido.

Permaneció tumbada unos minutos, absorbiendo los sonidos de los insectos y los pájaros, hasta que oyó una respiración profunda y sosegada cerca de ella. Giró la cabeza y vio a Dylan tendido de espaldas a su lado. Tenía la cabeza apoyada en sus musculosos brazos y el pecho oscilaba lentamente, elevando la camiseta por encima del ombligo.

La imagen de aquella franja de piel desnuda le provocó un hormigueo por todo el cuerpo y sintió el deseo de tocarlo. Pero no se atrevió a ceder a la tentación. La situación ya era bastante incendiaria entre ellos y no necesitaban las inevitables complicaciones que acarrearía una relación.

Desvió la mirada hacia el Cadillac, reluciendo en toda su gloria bajo los árboles.

¿Qué clase de hombre hacía algo así? Comprarle un coche a una mujer de la que nada sabía solo porque ella le había dicho que soñaba con tener un descapotable rojo. Le recordó el día que su padre fue a recogerla al instituto montado en un BMW nuevo, feliz como un niño con un juguete. Su última amante se lo había comprado después de que él se quedara maravillado al verlo en el escaparate de un concesionario. El pago por los servicios prestados, se había jactado su padre. Jenna no entendió lo que quería decir, como tampoco entendió hasta mucho después por qué todas las mujeres con las que salía eran mucho mayores que él. O por qué siempre aparecía ostentando cosas caras. Ni siquiera entonces le había parecido bien, ya que su padre no parecía tener un trabajo de verdad. Pero él se burló de sus inquietudes cuando tuvo el coraje de mencionárselas.

Nunca se quedaba mucho tiempo con nadie. Jenna se levantaba un día en un sitio y al siguiente en otro, a veces viajando por todo el país en busca de la próxima conquista. Ni siquiera sospechaba que mientras salía con una mujer seducía a otras cinco por internet. Tampoco supo que cuando se instalaron en Laramie, teniendo ella quince años, y se afeitó la cabeza para recaudar fondos para una profesora suya enferma de cáncer, su padre usaría la foto para inventarse nuevas mentiras con las que embaucar a sus víctimas.

Fueron esas mentiras las que finalmente lo llevaron a la cárcel y a ella a Cheyenne con Margaret Connell. No quería pensar en aquella etapa de su vida, acosada por la prensa y periodistas sin escrúpulos que la acusaban de ser cómplice de su padre. No era más que una cría, sin sitio adonde ir ni nadie que la ayudara. Cuando los servicios sociales se hicieron cargo de ella se preguntó si también ella acabaría en prisión. Al fin y al cabo, no tenía a nadie más. Su madre había muerto. Descubrieron que se había atragantado mientras comía en el crucero, un año después de que los hubiera abandonado.

La señora Connell fue su salvación. Por primera vez en su vida Jenna pudo quedarse en un sitio más de cinco minutos, aunque no superó su desconfianza a la hora de hacer amigos. Incluso después de tantos años le seguía costando intimar con las personas. Había aprendido que era mejor mantener las distancias y no tener que sufrir con una despedida cada vez que su vida se ponía patas arriba.

Observó los fuertes rasgos de Dylan. Incluso estando dormido parecía un hombre seguro y capaz de superar cualquier dificultad. ¿Cómo sería dejarse llevar y cederle el control de su vida y la de su hijo?

Enseguida rechazó la idea. ¿Qué pasaría cuando perdiera el interés en ella y la abandonara, igual que había hecho su padre con todas sus amantes? Ella jamás expondría a su hijo a un riesgo semejante. Los dos valían mucho más que eso.

Margaret Connell le había enseñado a amarse y respetarse a sí misma. Por eso nunca podría aceptar nada que no fuera una vida de verdad o un amor de verdad. Ya había probado otra cosa y aún conservaba las cicatrices, seguramente para siempre.

Dylan abrió los ojos y giró la cabeza para mirarla.

–¿Has dormido bien? –le preguntó con una sonrisa burlona.

–Mmm… muy bien. Gracias por haberte traído. Ha sido una idea genial.

–¿Aunque hayamos tenido que venir en eso? –señaló el Cadillac.

–Sí –soltó un exagerado suspiro–. Aunque hayamos tenido que venir en eso.

Él se giró de costado hacia ella.

–¿De verdad no lo quieres? Puedes cambiar de opinión.

–No, gracias. No lo quiero. Además, no tiene enganches para colocar la sillita del bebé –dijo muy seria, recordando el cambio tan drástico que iba a experimentar su vida en cuestión de meses.

–Es verdad. Quizá me lo quede para salir por la noche.

A Jenna se le revolvió el estómago. Ella se quejaba de la falta de una sillita para su bebé, el bebé de ambos, y él solo pensaba en salir por ahí con alguna mujer.

–Me refiero a salir los dos juntos –aclaró él con una pícara sonrisa, leyéndole el pensamiento.

–No vamos a salir juntos –dijo ella, intentando borrarle la sonrisa de la cara. No le hacía gracia que se estuviera divirtiendo a su costa.

–Creo que lo mejor para nuestro hijo sería demostrarle que nuestros intereses comunes no giran exclusivamente en torno a él o a ella. He visto demasiadas parejas olvidarse de lo que sienten el uno por el otro cuando se vuelcan por entero en sus hijos y en el trabajo. Al final acaban rompiendo.

Las palabras de Dylan le despertaron un profundo deseo a Jenna. Dicho así parecía muy sencillo, pero ella sabía que la vida era más complicada.

–Te olvidas de una cosa –murmuró–. No somos una pareja.

Él se acercó un poco más.

–Pero podríamos serlo –le dijo, y cubrió la escasa distancia que le separaba de sus labios.

Capítulo Siete

Dylan supo que era un error en cuanto sus labios se tocaron. Estaban al aire libre y no podía dar rienda suelta a sus deseos. No allí, no en aquel momento, por mucho que su cuerpo lo acuciara a actuar. Debería haber esperado hasta que estuvieran en alguna habitación cerrada donde poder disfrutar de su intimidad y tomarse el tiempo necesario para explorarse el uno al otro, sin temor a que los sorprendieran.

Pero eso no le impedía aprovechar el momento al máximo. Llevó una mano bajo la cabeza de Jenna y la sostuvo con delicadeza mientras sorbía el néctar de su boca. Sus labios eran cálidos y suaves, y se amoldaban perfectamente a los de él. El deseo era cada vez más apremiante y a punto estuvo de perder la cabeza, pero consiguió refrenarse.

La deseaba de una manera salvaje, pero si quería convencerla de que iba en serio tenía que proceder con calma y cautela.

Jenna le sujetó el rostro entre las manos y él lo tomó como una invitación para seguir besándola, mordiéndole los labios y entrelazando sus lenguas. Nada le gustaría más que poder colmar todos sus sentidos con ella. Estaba embarazada de su hijo y nunca la había visto desnuda. Pero aun así se contuvo y finalmente se apartó a un palmo de distancia. No bastó para mitigar su deseo. Podría haber un continente entre ellos y seguiría deseándola con la misma intensidad.

–Piénsalo –le dijo mientras se levantaba.

–¿Pensar el qué? –le preguntó, mirándolo con expresión aturdida.

Dylan reprimió una sonrisa. Quizá lo único que hacía falta para convencerla era besarla hasta dejarla sin sentido.

Le ofreció una mano para ayudarla a levantarse y recogió la manta.

–En nosotros, juntos, como pareja.

Ella empezó a negar con la cabeza, pero él le sujetó la barbilla con los dedos.

–Piénsalo, Jenna. Dame al menos una oportunidad para demostrarte que podemos estar juntos. No solo como amantes, sino como pareja –bajó la mano hasta su vientre–. Como una familia.

Antes de que ella pudiera responder, agarró la nevera y echó a andar hacia el coche. No quería ver el rechazo en sus ojos. No cuando había descubierto hasta qué punto deseaba estar con ella. Había perdido a sus padres con solo cuatro años, y a su tía Ellie tres años después. Había tenido más suerte que la mayoría, teniendo a cuatro padres, o cinco si contaba también a Marlene, y cada uno le había dejado una huella imborrable de devoción y afecto. Se había prometido que cuando tuviera una familia se involucraría de lleno en las vidas de sus hijos, quienes en todo momento se sentirían queridos y protegidos.

Jenna apareció a su lado y le tendió la cesta vacía para que la metiera en el maletero junto a la nevera y la manta.

–¿Lo pensarás, al menos? –le preguntó él, cerrando el maletero.

Ella lo miró con sus grandes ojos marrones.

–Está bien.

Aquella simple respuesta tuvo un efecto demoledor. De repente todo cobraba un sentido distinto; la vida que había llevado, las decisiones que había tomado… Y, cosa, extraña, en vez de asustarse sintió una excitación como nunca hubiera imaginado. Se sintió casi aliviado al pensar que, tal vez, podría dejar de buscar esa cosa efímera que siempre le había faltado en la vida. Eso que había buscado en sus viajes y en las mujeres pero que nunca había encontrado. Se metió las manos en los bolsillos para contener el impulso de agarrar a Jenna y hacerla girar en el aire con una exclamación de júbilo.

–Gracias.

***

El camino de vuelta lo hicieron en silencio, pero fue un silencio cómodo y agradable. Dylan condujo con una mano en el volante mientras entrelazaba la otra con la de Jenna. Sentía que la conexión con Jenna se hubiera consolidado un poco más. Y sentía que así debía ser. Cuando la dejó en su casa y la vio entrar ya estaba trazando sus planes para el día siguiente.

El lunes por la mañana el olor a pintura fresca y al enmoquetado nuevo envolvió a Dylan en cuanto entró en el restaurante para comprobar los progresos. Lo complació ver que ya había llegado el nuevo mobiliario y se detuvo un momento para aspirar el potencial del establecimiento. La emoción de la inminente apertura lo embargaba. Siempre había aguardado con entusiasmo la inauguración de sus restaurantes, pero aquel le resultaba mucho más especial que los otros.

Sintió también una punzada de remordimiento porque J.D. no estuviera allí para ver sus sueños hechos realidad. Aún le costaba aceptar que su padre se hubiera ido para siempre, sobre todo en momentos como aquel.

Lo echaba de menos. Y estaba en deuda con él. Tenía que conseguir que aquel nuevo restaurante estuviera a la altura de los ya existentes, o incluso que los superara. Tenía que demostrar que J.D. no se había equivocado al nombrarlo presidente ejecutivo de Lassiter Grill Corporation.

Asintió con convicción y cruzó el bar en dirección a la cocina. Por mucho que le gustase la parte delantera del restaurante, era allí donde se cocía el verdadero prestigio de Lassiter Grill. Su lugar estaba allí, entre las encimeras de acero inoxidable, el burbujeo de las cacerolas, el chisporroteo de la carne en las sartenes y el continuo ajetreo del personal. La semana anterior se habían instalado los electrodomésticos y sus cocineros se habían pasado la última semana probando los platos y especialidades que caracterizarían el restaurante de Cheyenne, junto al menú que había hecho a Lassiter Grill tan popular en Los Ángeles, Las Vegas y Chicago.

Era irónico, pensó mientras observaba a su selecto equipo, que se hubiera pasado la mayor parte de su vida adulta huyendo de las responsabilidades y del compromiso y que en los últimos cinco años hubiera abrazado ambas cosas. Finalmente, a sus treinta y cinco años, estaba listo para sentar cabeza y aceptar que en la vida no todo era placer y diversión.

Satisfecho, condujo hasta la tienda de Jenna. Abrió la puerta y aspiró la fragancia de las flores, completamente distinta a los olores del restaurante. No había nadie en el mostrador, pero oyó a alguien tatareando desafinadamente en la parte de atrás. El tatareo se hizo más fuerte y apareció Jenna con los brazos cargados de margaritas. Se había recogido el pelo en una cola, mostrando sus pómulos marcados y sus perfectas orejas. Dylan se imaginó mordisqueando aquellos lóbulos y su cuerpo reaccionó de inmediato.

–Oh, no te he oído entrar –dijo ella, dejando las flores en el mostrador.

–No pasa nada. Acabo de llegar –la examinó con atención. Parecía cansada y un poco pálida, como si también a ella le hubiese costado conciliar el sueño.

No pudo evitarlo: levantó una mano y le acarició la mejilla con el dorso de los dedos.

–¿Estás bien? No estarás esforzándote más de la cuenta, ¿verdad?

Ella apartó la cara.

–Estoy bien, Dylan. No voy a poner en peligro al bebé, puedes estar seguro. Tal vez no pensaba quedarme embarazada, pero ahora que lo llevo dentro es lo que más quiero en la vida.

La vehemencia de su voz convenció a Dylan de que estaba diciendo la verdad. Pero eso no impidió que se preocupara, sobre todo cuando ella se inclinó para cambiar de sitio un gran recipiente con agua.

–Espera, deja que lo haga yo –la hizo apartarse con suavidad–. Creía que tenías empleados.

–Los tengo, pero trabajan a media jornada y yo me encargo de abrir y cerrar la tienda todos los días.

–En ese caso, deja que me ocupe yo hoy de lo más pesado.

–Como quieras, pero mañana volveré a hacerlo yo… a no ser que pretendas venir cada mañana para ayudarme.

–Si hace falta lo haré. O puedo hacer que venga alguien, si lo prefieres.

Ella negó con la cabeza.

–Prefiero hacerlo yo.

–No me culpes por querer cuidar de ti… Llevas una carga muy preciosa ahí dentro.

El rostro de Jenna se cubrió de melancolía.

–Sí, ¿verdad? Pero tengo que ocuparme de mi trabajo. Supongo que has venido por las flores para la inauguración. He hecho algunos bocetos y también he pensado en preparar algo con lo que tenía.

Agarró un cuadrado de arpillera y un trozo de cordel y los colocó alrededor de la base de una caja de cartón. A continuación seleccionó varios tallos y los dejó en el mostrador junto a las margaritas.

–Mmm… necesita unas bayas –murmuró para sí misma mientras el improvisado arreglo iba cobrando forma. Unos segundos después le mostró el resultado a Dylan–. ¿Qué te parece?

Dylan observó la combinación de color y textura y decidió que le gustaba mucho. Jenna tenía un don para esas cosas. Le habían bastado unas pocas instrucciones para crear justamente lo que él quería.

–Es genial. ¿Sería para las mesas?

Ella asintió.

–Y luego haría algo más grande para el vestíbulo, tal vez en una caja apoyada sobre balas de heno.

–Eres una artista.

Ella se encogió de hombros.

–Supongo que se me da bien.

–No seas tan modesta, Jenna –volvió a examinar el arreglo–. Pero estoy pensando que los colores deberían ser más llamativos. De lo contrario pasarán desapercibidos entre la decoración. ¿Por qué no vienes a comer conmigo al restaurante? Así podrás tener una idea más clara de lo que quiero.

–¿Vas a darme otra vez de comer? ¿Tres veces en tres días? Esto se está convirtiendo en una costumbre.

–Necesitamos voluntarios que prueben el menú, y algunos de nuestros camareros necesitaban ganar experiencia –le explicó, aunque la verdadera razón era que no quería despedirse de ella–. Me harías un gran favor.

La sonrisa de Jenna le dijo que no le creía.

–Bueno… supongo que podría ausentarme una hora para comer.

–¿Solo una hora?

–Tengo un negocio que dirigir. Además, ¿no te parece que tu personal debe acostumbrarse a trabajar con clientes que tengan prisa?

–Tienes razón –admitió él, aunque lamentó no poder pasar toda la tarde con ella.

–Estaré allí a la una, ¿de acuerdo? Tengo que ocuparme de unos pedidos y… –miró su reloj–, será mejor que me ponga con ellos si quiero tenerlos listos a tiempo.

–Muy bien. Te estaré esperando.

Jenna lo vio marcharse, sorprendida por haber aceptado su invitación. A pesar de todas las vueltas que había dado en la cama, y de su decisión de mantener una relación estrictamente profesional entre ellos, deseaba volver a verlo más de lo que quería admitir. En teoría iba al restaurante para ocuparse de la decoración, pero la perspectiva de pasar más tiempo con él, aunque solo fuera una hora, la hacía vibrar de emoción.

Valerie, su ayudante, entró por la puerta de la calle.

–Dime que el tipo que acaba de salir no es una aparición.

–No, no –dijo Jenna con una sonrisa–. Es de carne y hueso.

–Qué mala suerte haber llegado tarde justamente hoy. Me habría encantado atenderlo.

Jenna miró a su amiga, felizmente casada y madre de cuatro hijos.

–¿En serio?

–Bueno, una mujer tiene derecho a fantasear, ¿no? Me resulta vagamente familiar. ¿Qué quería? Por favor, no me digas que buscaba flores para su novia.

–Es Dylan Lassiter –respondió Jenna, riendo–. Y nos ha encargado las flores para la inauguración del nuevo restaurante Lassiter Grill.

–Vaya, ¿y crees que será un cliente habitual? Sería fantástico para el negocio.

–No hemos hablado de más encargos, pero al menos es un buen comienzo. Y a propósito, si no acabo lo que tengo pendiente para esta mañana no podré acudir a la cita que tengo con él en el restaurante a la una.

–Podría ir yo en tu lugar –sugirió Valerie con un guiño.

–Seguro que sí –Jenna volvió a reírse y se imaginó la cara de Dylan si veía aparecer a Valerie en vez de a ella. Pero la idea no solo le provocó hilaridad sino también un inesperado arrebato de posesividad. No quería que nadie más que ella se ocupara de Dylan–. Vamos, ayúdame con estos pedidos antes de que venga Bill a recogerlos.

La mañana pasó volando. Mientras trabajaba, Jenna pensó en lo que supondría tener a Lassiter Grill como cliente habitual. Indudablemente su negocio subiría como la espuma. Decidió hablarlo con Dylan y fue a prepararse para la cita.

Llegó con retraso al restaurante, pero por suerte encontró un sitio para aparcar al girar la esquina.

–Empezaba a temer que me habías dejado plantado –dijo el al abrirle la puerta.

–Se me acumuló el trabajo.

–Tenemos compañía. Mi hermano Sage y su novia, Colleen, van a comer con nosotros.

Jenna se sintió cohibida.

–Tendrías que habérmelo dicho antes. No estoy vestida para una reunión familiar.

Dylan la miró de arriba abajo.

–Para mí estás perfecta.

A Jenna le ardieron las mejillas. Genial, iba a estar roja como un tomate cuando le presentara a su familia.

–Lo digo en serio, Dylan.

–Yo también. De verdad, no tienes nada de qué preocuparte. Son mi familia y les encantarás lleves lo que lleves puesto.

La agarró de la mano y la condujo al interior. Jenna recorrió el comedor con la mirada, reconociendo los rasgos distintivos de Lassiter Grill. Altos techos de los que colgaban grandes ventiladores de hierro, suelos de madera, paredes de troncos, una enorme chimenea de piedra que dominaba el centro de la sala… Lo que sacrificaban en espacio lo ganaban en ambiente. A Jenna le encantó la atmósfera ranchera que se respiraba.

–He estado pensando en la inauguración y en la preparación de las mesa para esa noche.

–¿Y?

–¿Qué te parecen caminos de mesa de arpillera sobre manteles de lino blanco?

Él lo pensó un momento.

–Me parece una buena idea. ¿Tienes algún boceto?

Ella asintió.

–Estupendo, lo discutiremos después de comer. Vamos, te presentaré a mi hermano.

Los nervios volvieron a asaltarla y le tiró de la mano a Dylan para detenerlo.

–¿Lo saben?

–¿El qué?

–Lo del bebé.

–Todavía no. ¿Quieres decírselo?

Jenna negó con la cabeza. No estaba preparada para compartirlo con nadie más.

–Como quieras, pero tarde o temprano se van a enterar –le advirtió él.

–Aún no, ¿de acuerdo?

Fueron hacia la mesa donde estaba sentada la pareja. Sage se levantó al verlos. Era un poco más alto que su hermano, con el pelo castaño y algunas canas en las sienes. Parecía un hombre acostumbrado a tener el control, y también el tipo de persona a la que no se le pasaba nada por alto. La mirada que echó a la forma con que Dylan le agarraba la mano le confirmó a Jenna que era imposible ocultarle nada. Se soltó de la mano de Dylan, sintiendo un escalofrío en la espalda. No estaba lista para aquello.

–Jenna, te presento a mi hermano, Sage, y a su novia, Colleen. Sage, Colleen, os presento a Jenna Montgomery.

–Mucho gusto –dijo Jenna. Agarró el toro por los cuernos y se adelantó con una mano extendida–. Dylan me ha encargado las flores para la inauguración. Espero que no os importe mi intromisión, pero me ha pedido que vea el restaurante antes de elegir los colores.

Nada más decirlo supo que había exagerado al justificarse. Afortunadamente Colleen pareció notar su incomodidad y se levantó con una sonrisa de bienvenida para estrecharle la mano.

–Encantada de conocerte, Jenna. ¿No te encargaste tú de las flores para…?

–La cena de ensayo de Angelica, así es –interrumpió Dylan, lo que le granjeó una mirada curiosa de su hermano.

–Iba a decir para la fiesta de una amiga hace un par de semanas –corrigió Colleen amablemente, sin soltarle la mano a Jenna–. Se quedó encantada con lo que hiciste. Seguro que a Dylan también le prepararás algo extraordinario.

Jenna empezó a relajarse a medida que Colleen dominaba la conversación. Sage continuó observándola fijamente, pero Jenna se dejó distraer por su novia y se pusieron a hablar de las flores para la boda y el ramo de novia. Por su parte, Dylan y su hermano se sumieron en una intensa discusión en voz baja. A pesar de sus diferencias físicas, tenían los ojos y la mandíbula iguales y también tenían los mismos gestos.

Dylan le dedicó una sonrisa fugaz antes de devolver la atención a su hermano, y Jenna se relajó un poco más. Colleen demostró ser una persona muy simpática y afable, y Jenna empezó a disfrutar de la compañía de la pareja. Sage pareció un poco distante al principio, pero era evidente que estaba enamorado de su novia y Jenna sintió una punzada de envidia.

Les sirvieron sus platos y Jenna atacó sus costillas ahumadas con patatas fritas y mazorca de maíz a la parrilla. No había comparación entre comer así y engullir un sándwich a toda prisa entre un cliente y otro. Le resultaba extraño ser los únicos comensales en un restaurante, pero los otros tres parecían tomárselo con mucha naturalidad, de modo que intentó fingir que estaba acostumbrada a aquel tipo de cosas.

Al cabo de media hora, cuando Sage se disculpó y se levantó para marcharse Jenna decidió hacer lo mismo.

–No, espera aquí mientras acompaño a Sage y a Colleen a la puerta –insistió Dylan–. Aún tenemos que hablar de los colores y de las mesas.

Ella asintió y tomó un trago del agua mineral. Se levantó para ir al aseo, pero antes de llegar oyó a Sage hablándole a su hermano.

–Está embarazada, Dylan. Espero que sepas lo que haces.

–Ya sé que está embarazada. De mí.

–¿Cómo dices? –preguntó Sage, horrorizado.

–Está embarazada de mí y voy a casarme con ella.

–No digas tonterías. Ni siquiera estabais saliendo juntos. No la conoces ni sabes nada de ella. El niño podría ser de cualquiera. ¿No deberías al menos esperar a que naciera y hacer una prueba de paternidad?

Jenna sintió el amargo sabor del miedo en la boca. Aquello era exactamente lo que había esperado evitar. No necesitaba las críticas ni las sospechas de Sage. Sí, se había comportado como una zorra aquella noche de marzo. Pero también Dylan. No era justo que a hombres y mujeres se les midiera con distinto rasero. Los dos estaban sufriendo las consecuencias de su devaneo, pero lo último que Jenna quería era que se convirtiera en un asunto de dominio público. No cuando había trabajado tanto para borrar la sombra de su padre en su vida.

Había llegado a ser lo que era a pesar de la educación recibida. Y sería la mejor madre posible para su hijo por mucho que le costara compatibilizar el trabajo con la maternidad. En la vida no había soluciones fáciles. Había que tomar las decisiones adecuadas y trabajar duro para cumplirlas.

–No me gusta tu manera de hablar –dijo Dylan–. Pero ten cuidado con lo que dices de Jenna. Voy a casarme con ella y vamos a criar juntos a mi hijo –su tono no admitía réplica y Jenna se animó un poco al oír cómo la defendía.

–Oye, no pretendía ofenderte, pero vamos a ser realistas. Al menos haz que la investiguen. Si no lo haces tú, lo haré yo.

A Jenna se le heló la sangre en las venas. ¿Investigarla? No haría falta escarbar mucho para desenterrar el pasado que ella había intentado olvidar.

–Estoy siendo muy realista, Sage –dijo Dylan–. Tú sabes lo que la familia significa para mí, lo que tú significas para mí. No voy a abandonar a mi hijo ni a Jenna.

Ella contuvo la respiración mientras los dos hermanos guardaban silencio, pero no podía aguantar más. Se movió ligeramente, pero Dylan debió de oírla y giró la cabeza hacia ella.

–Eh… estaba buscando los aseos –dijo, avergonzada por que la hubiera pillado escuchando.

–Por ahí –dijo él.

Corrió en la dirección indicada, y después de aliviarse se lavó las manos con agua fría y examinó su rostro en el espejo. Ya se había enfrentado antes a la humillación y había sobrevivido. No era agradable, pero volvería a hacerlo si era necesario. Se secó las manos y volvió al restaurante, donde la esperaba Dylan.

–Siento que hayas tenido que oír eso.

–No pasa nada. Es lo que piensa todo el mundo –intentó quitarle importancia, pero el tono de su voz la delataba.

–Jenna…

–Vamos a dejarlo, ¿de acuerdo? Gracias por la comida. Ya me he hecho una idea de lo que necesitas para las flores, y estoy de acuerdo en que los colores llamativos quedarán mucho mejor –miró su reloj–. Tengo que volver a la tienda.

–¿Qué pasa con los otros asuntos que íbamos a discutir? –preguntó él. Intentó mirarla a los ojos, pero ella evitó el contacto visual.

–Te escribiré un correo.

–Esto suena a despedida –la agarró por los hombros y el calor de sus grandes y fuertes manos le traspasó la rebeca y la blusa–. No voy a renunciar a nosotros, Jenna.

–Dylan, no hay un nosotros.

–Me niego a aceptarlo. Y nunca me rindo cuando algo o alguien es importante para mí. Tú lo eres, Jenna. No lo dudes ni un por segundo.

¿Cuándo alguien le había dicho en serio algo así? En los últimos días había intentado mantener a Dylan a distancia, al menos emocionalmente, pero aquellas palabras abrieron una grieta en la coraza que se había formado en torno a su corazón. Y cuando él se inclinó para besarla, ella lo recibió como una flor necesitada de lluvia. Quería sus promesas y sus atenciones como nunca antes había querido nada de nadie.

Capítulo Ocho

Dos días después Dylan caminaba de un lado a otro por su despacho de Los Ángeles. Se sentía inquieto y nervioso. Algo se había removido en su interior. En cuanto advirtió que Sage adivinaba la verdad sobre el embarazo de Jenna, supo que la defendería ante cualquiera y por lo que fuera. Siempre. Su familia tendría que esforzarse para entenderlo. Incluso a él le costaba aceptar que una mujer pudiera volver su mundo del revés.

Desde que volvió a entrar en su vida no había dejado de pensar en ella. Hiciera lo que hiciera siempre la tenía presente. En esos momentos, en vez de concentrarse en las gestiones pendientes para expandir el negocio a la Costa Este, solo podía pensar en que se había abandonado a Jenna.

La había llamado la noche anterior, pero había vuelto a notarla distante y reservada, como si al oír las palabras de Sage hubiera levantado un muro invisible entre ellos. Dylan hubiese querido continuar a partir del beso que se habían dado en el restaurante, pero ella había salido corriendo y él había recibido la llamada comunicándole que debía volver inmediatamente a Los Ángeles.

Jenna no se atrevía a confiar en él ni a dejarlo entrar en su vida, y Dylan no se imaginaba cuál podía ser el motivo. Pero para descubrirlo tenía que esperar hasta el sábado, cuando volviera a Cheyenne.

Se detuvo junto a la ventana y contempló la ciudad que se extendía hasta el horizonte. Aquella había sido su casa durante los últimos cinco años y se encontraba bien allí. Tras formarse en los restaurantes de Europa había vuelto a Estados Unidos para seguir ascendiendo en su carrera. Pero la muerte de J.D. lo había obligado a replantearse su vida y objetivos.

En aquellos momentos echaba de menos Cheyenne. Y más concretamente, a la mujer que vivía allí. La solución perfecta sería llevarla con él a Los Ángeles, pero no sería justo para ella. La vida de Jenna transcurría en Cheyenne, y lo tenía todo perfectamente organizado hasta que él se presentó en su floristería.

Una llamada al móvil lo sacó de su frustración. Agradecido por la interrupción, respondió sin ver quién lo llamaba.

—Hola, Dylan, soy Chance. ¿Cómo estás?

—Bien, gracias. ¿Y tú? ¿Cómo va todo por el Big Blue? —sonrió mientras hablaba. Una llamada de su primo siempre era agradable.

—Estoy pensando en hacer una barbacoa el sábado. ¿Crees que podrías dejar que sea otro quien se ocupe de la comida, para variar?

Dylan se echó a reír.

–Claro. Por ti, lo que sea.

–Estupendo. También estaba pensando que podrías traer a alguien contigo…

–¿Has hablado con Sage?

–Es posible –Dylan se imaginó la sonrisa en el rostro de su primo.

–Chance… –dijo con un tono de advertencia.

–Eh, te prometo que sabré comportarme. Solo quiero conocerla.

–¿Y si ella no quiere venir?

–Tendremos que conformarnos contigo.

–Qué amables.

–Pero seguro que con tu encanto y tus habilidades la convencerás para que venga.

–Ya veremos. ¿A qué hora quieres que vayamos?

–Temprano. Hannah ha venido de visita con su hija, Cassie. Es un diablillo adorable.

Desde que se descubriera que Chance tenía una hermanastra, la hija secreta de su padre, la familia se había empeñado en conocerla y el resultado no podía haber sido más positivo. Hannah se había comprometido con Logan Whittaker, el abogado encargado de encontrarla cuando se conoció el testamento de J.D., y la familia seguía expandiéndose.

–¿Ya estás pensando en tener hijos? –le preguntó burlonamente a Chance.

–Claro que no, pero es imposible que no te

enamore. Es una buena chica. Bueno, ¿podéis venir sobre las seis?

Dylan calculó el tiempo que necesitaría para recoger a Jenna cuando cerrara la tienda y conducir hasta el rancho.

–Puede que lleguemos un poco tarde, pero allí estaremos –le prometió.

–Genial. Se lo diré a mamá. Le encanta tener a la familia en casa. Cuantos más mejor, ¿verdad?

Desde luego, pensó Dylan tras despedirse. Y maldijo a Sage por ser tan bocazas.

Dylan nunca se había alegrado tanto de tomar el vuelo de Los Ángeles a Cheyenne. Al detener el todoterreno junto a la casa de Jenna la vio en la puerta antes de bajarse del coche. Había acariciado la idea de llevar el Cadillac, que aún no había devuelto, pero no quería hacerla sentirse incómoda. Además, con las altas temperaturas previstas para aquella noche agradecerían el aire acondicionado del todoterreno.

Caminó hacia ella mientras se la comía con los ojos. ¿Eran imaginaciones suyas o la barriga y los pechos habían aumentado de tamaño?

–Hola –lo saludó, agachando tímidamente la cabeza.

–Hola –la besó en la mejilla y le encantó ver cómo se ruborizaba–. Te he echado de menos.

Ella lo miró y se mordió provocativamente el labio.

–Yo a ti también –lo dijo con tanto asombro que Dylan no pudo evitar sonreír. La ayudó a subir al coche y reprimió el impulso de dar un puñetazo al aire con un grito triunfal. Al fin estaba haciendo progresos.

Durante los sesenta kilómetros que había hasta el Big Blue le contó lo que había hecho en Los Ángeles.

–¿Tu hermana también vive en Los Ángeles?

–Sí. Mi padre compró la casa hace veinte años y Angelica la ha hecho suya. Tiene un don para la decoración –suspiró–. Siempre me alegro de verla, pero desde la muerte de mi padre ha estado muy furiosa y la relación se ha vuelto muy tensa entre todos nosotros.

–¿Furiosa?

–Sí –se arrepintió de haber sacado el tema–. Mi padre era un chapado a la antigua, pero yo siempre pensé que era un hombre justo. Lo que le hizo a Angelica al dejarle a su novio una parte mayor de Lassiter Media que a ella fue un golpe demoledor, sobre todo porque era ella la que había dirigido la empresa en los últimos años.

–Uf… No me extraña que se subiera por las paredes. ¿Por eso se canceló la boda?

Dylan asintió. Aún se le revolvía el estómago al pensarlo.

–Lassiter Media lo era todo para Angelica, y ahora se preguntaba si el motivo que tenía Evan para casarse con ella era hacerse con el control de la empresa.

Jenna guardó silencio el resto del camino, hasta que Dylan entrelazó la mano con la suya.

–¿Estás bien?

–Un poco nerviosa.

–Tranquila. Chance es un tipo genial.

–¿Quién más va a estar?

–Su madre, Marlene. Y también su hermanastra, Hannah, que está de visita con su hija Cassie. Mira, ya casi hemos llegado.

Atravesó la verja de lo que para él siempre había sido su hogar. Después de morir sus padres, J.D. y Ellie los habían llevado a él y a Sage a vivir al rancho. La casa original era mucho más modesta, pero cuando el Big Blue empezó a prosperar se sustituyó por una impresionante construcción de madera y metal de dos plantas, rodeada por amplias terrazas y con barandillas talladas a mano.

–Menudo lugar… –murmuró Jenna, incorporándose en el asiento–. ¿Tú y Sage os criasteis aquí?

–Impresiona, ¿verdad? Imagínate todo este terreno y estos inmensos espacios abiertos para dos niños pequeños y revoltosos. Tuve una infancia genial.

Pensó entonces que Jenna apenas le había hablado de su infancia. Solo sabía que había nacido en Nueva Zelanda y que se había criado en Estados Unidos. Aún tenía que averiguar muchas cosas sobre ella.

Salieron del coche y Dylan la hizo entrar en casa. Saludó en voz alta y apareció una mujer mayor que envolvió a Dylan con un fuerte abrazo.

—¡Dylan! ¡Cuánto me alegro de verte!

—Tía Marlene, me gustaría presentarte a la señorita Jenna Montgomery. Jenna, esta es mi tía, Marlene Lassiter.

—Encantada de conocerla, señora Lassiter.

—Oh, por favor, déjate de formalidades y llámame Marlene. ¿Por qué no salís al patio? Aún no he acabado en la cocina y Hannah y Cassie están fuera. Chance está con la parrilla… esperemos que no salga toda la casa ardiendo.

—¿No está Logan hoy? —preguntó Dylan.

—No, me ha llamado para disculparse. Ha tenido que salir de la ciudad para ver a un cliente importante, pero entre tú y yo, creo que se ha largado para evitar los preparativos de la boda —le confesó con un guiño—. Vamos, salid. Os están esperando.

Jenna le apretó con más fuerza la mano a Dylan. Y con razón. La primera impresión del Big Blue debía de ser sobrecogedora. Salieron al patio y pareció relajarse un poco. Ante ellos se extendían los inmensos jardines.

—¿Eso es un estanque?

–Es una piscina de agua salada diseñada para que parezca un estanque. Cuando Sage y yo éramos pequeños nos balanceábamos de una cuerda atada a aquel árbol de allí –señaló el árbol en cuestión– y nos tirábamos al agua.

Una niña se acercó a ellos dando saltos. El pelo rojo y rizado le caía alborotadamente alrededor de su bonito rostro y sus ojos verdes brillaban.

–Tú eres mi tío Dylan, ¿verdad? Pero mi madre dice que eres más como un primo lejano.

–¡Cassie! Deja que Dylan y su invitada nos saluden a todos antes de empezar a incordiarlos –exclamó una mujer desde el patio.

Dylan vio a Hannah, la hermanastra de Chance, levantarse y acercarse a ellos.

–Hola otra vez –le dijo antes de volverse hacia Jenna–. Soy Hannah Armstrong.

–Jenna Montgomery. ¿Esa es tu hija? Es adorable.

Hannah sonrió con orgullo.

–Sí, es mi tesoro. Es todo un personaje… Dylan, deja a Jenna conmigo y ve a ver lo que está haciendo Chance en la parrilla.

Dylan miró a Jenna para ver si estaba de acuerdo, y ella asintió ligeramente.

–Tranquilo, estaré bien –le aseguró, pero la palidez de sus mejillas delataba sus nervios.

–Voy a saludar a Chance y vuelvo enseguida.

–No temas, que no muerdo –le dijo Hannah, y

se llevó a Jenna a donde había estado sentada un momento antes.

–Voy a ayudar a la abuela con los aperitivos –anunció Cassie como si fuera lo más importante del mundo, y entró corriendo en la casa.

–Este lugar es precioso –comentó Jenna mirando otra vez a su alrededor.

–Sí que lo es. La primera vez que lo vi me quedé sin aliento.

–¿No has crecido aquí?

–No, soy de Boulder, Colorado. Pero me caso el mes que viene y nos quedaremos a vivir en Cheyenne. Mientras tanto, Cassie y yo nos alojamos aquí. A ella le encanta tener un tío al que manejar como quiera, y una abuela que la adora.

Jenna intentó ordenar toda la información, pero había algo que no le cuadraba.

–¿Marlene no es tu madre?

–Es complicado... Chance y yo tenemos el mismo padre –le explicó Hannah con una triste sonrisa–. Pero todos han sido maravillosos conmigo desde que nos encontramos. Especialmente Marlene, que para mí ha sido mucho más de lo que podría haber deseado.

–Parecen estar muy unidos –observó Jenna, viendo cómo Dylan y Chance se reían por algo que uno de ellos había dicho.

–Pero también son muy abiertos –Hannah le dio una palmadita en la mano–. No te preocupes.

Yo también me pregunté dónde me estaba metiendo, pero me acogieron con los brazos abiertos desde el principio. Tú también te sentirás integrada, ya lo verás.

¿Sería cierto? Jenna anhelaba encontrar la estabilidad definitiva en su vida, después de una infancia traumática y tantos años de duro esfuerzo para salir adelante. Necesitaba la seguridad y la rutina que solo podía proporcionar una vida en familia. Una familia como los Lassiter.

–Aquí tenéis, señoritas. Para ti limonada fría, cariño –le dijo Marlene a Jenna, dejando una bandeja con jarras y vasos en la mesa–. Y para nosotras, margaritas.

Jenna se sintió incómoda. De modo que ya sabían que estaba embarazada. Murmuró un agradecimiento por la limonada y vio cómo Cassie les llevaba una bandeja a Chance y a Dylan.

–Hubo un tiempo en el que me servía a mí primero –comentó Hannah–. Pero ahora solo piensa en su tío.

–La adoración es mutua –observó Marlene–. Es estupendo volver a tener una niña en casa. Ha pasado mucho tiempo desde que estos chicos se hicieron mayores –se volvió hacia Jenna con un brillo en sus ojos avellana–. ¿Cómo te las estás arreglando con el bebé, Jenna?

La expresión de Jenna debió de mostrar su disgusto porque se supiera lo de su embarazo.

–Oh, lo siento, cariño. ¿Se supone que es un secreto? Chance me lo contó y pensé que lo sabía toda la familia.

–La verdad es que no, pero no pasa nada. Es solo que aún no me he acostumbrado a que la gente lo sepa –sonrió para suavizar sus palabras–. Y en cuanto a cómo lo llevo… Bueno, supongo que he tenido bastante suerte.

–Estás ya en tu segundo trimestre, ¿no?

Ella asintió.

–Es ahora cuando empieza la verdadera magia del embarazo, sin náuseas ni dolores. ¿Están contentos en tu familia con la llegada del bebé?

Jenna se retorció incómodamente. No estaba acostumbrada a que le hicieran tantas preguntas, aunque fuera de un modo amable y cordial.

–No tengo familia aquí –no quería confesarle a nadie que su padre estaba cumpliendo condena en Rawlins.

–Oh, pobrecita –dijo Marlene en tono compasivo–. No importa. Si nos dejas, estaremos encantados de ayudarte. Y si tienes alguna pregunta, la que sea, hazla sin más.

–Gracias –a Jenna se le llenaron los ojos de lágrimas por la inesperada oferta de Marlene. Se las secó con la mano, pero volvieron a afluir.

–No te preocupes, cariño –le dijo Marlene suavemente mientras le ofrecía un pañuelo–. Nosotros cuidaremos de ti.

Capítulo Nueve

Dylan miró a las mujeres y se le formó un nudo en el pecho al ver la expresión acongojada de Jenna. Dio un paso hacia ella, pero Chance lo detuvo con una mano en el hombro.

–Me necesita –dijo Dylan.

–Mamá cuidará de ella. Confía en mí. Lo tiene todo bajo control.

En efecto, Jenna pareció recuperar su compostura habitual y la risa de las mujeres voló hacia Dylan con la brisa del crepúsculo.

–¿Quieres más aperitivos, tío Dylan? –le preguntó Cassie a su lado.

–No, gracias –se agachó para quedar a la altura de la niña–. ¿Qué tal si se los ofreces a las mujeres?

–¡Está bien! –exclamó la pequeña, y fue pavoneándose hacia el grupo de mujeres. Dylan la observó emocionado. ¿Su hijo sería niño o niña? ¿Lo vería algún día jugando en aquel patio igual que había hecho él?

–¿Cuándo la dejaste embarazada? –le preguntó Chance, interrumpiendo sus divagaciones.

Dylan se puso automáticamente en guardia.

–No creo que sea asunto tuyo.

–Claro que sí. Sage cree que el bebé no es tuyo y que Jenna intenta engañarte.

–Sage haría bien en guardarse sus opiniones –gruñó Dylan–. El bebé es mío. Y también ella.

Su primo asintió, complacido con la respuesta.

–¿Vas a implicarte en la vida de tu hijo?

–Todo lo que pueda.

Chance se quedó pensativo un momento.

–A menudo me pregunto cómo habría sido mi vida si mi padre hubiera pasado más tiempo conmigo –su padre había muerto cuando él tenía ocho años. También Chance sabía lo que era crecer sin la figura de su padre biológico.

–Por eso voy a estar presente en la vida de mi hijo, pase lo que pase.

–¿Y Jenna? ¿Qué dice ella?

Dylan tomó un trago de cerveza.

–Se está haciendo a la idea –respondió con una sonrisa.

Chance le dio un golpe en el brazo.

–¡Bravo! Además, ¿por qué iba a rechazarte con todo lo que puedes ofrecer?

–De eso se trata. No quiere lo que puedo ofrecerle. Defiende a ultranza su independencia, y creo que ha trabajado muy duro para conseguirla. Solo tengo que convencerla de que no pasa nada por compartir la carga.

–Suerte. Yo prefiero enfrentarme a un toro bravo que intentar convencer a una mujer de algo.

Siguieron bromeando mientras preparaban la carne, pero una duda inquietaba a Dylan. ¿Y si Jenna no lo aceptaba en su vida? ¿Y si no quería compartir la carga? ¿Qué pasaría entonces? Sabía que con su dinero e influencia podía conseguir lo que quisiera, pero solo de pensarlo se le resolvía el estómago. No quería que Jenna estuviera con él porque se sintiera obligada. Quería que lo deseara tanto como él a ella.

Era tarde cuando llevó a Jenna a casa. Había pensado que ella querría marcharse nada más cenar, pero cuanto más tiempo pasaba con su familia más parecía gustarle su compañía. ¿Se vería alguna vez como parte de aquel círculo íntimo? ¿Como parte de su vida? Ojalá así fuera.

–Gracias por haberme traído. Me lo he pasado muy bien –le dijo ella.

–De nada. Me alegra que hayas venido.

–Son todos encantadores. Y Cassie es adorable. Me encantó cuando se subió a tu regazo después de comer y se quedó dormida.

A él también le había encantado. La confianza de la niña era un regalo precioso, y lamentó perder el peso y el calor de su cuerpo cuando Hannah se la llevó a la cama. Su deseo por ser padre y acunar a su hijo en brazos se hizo aún más acuciante.

–Los niños son muy especiales, sin duda.

Aparcó en el camino de entrada de Jenna y la acompañó hasta la puerta, donde esperó a que ella introdujera la llave en la cerradura. La brisa llevó su fragancia hacia él.

Ella abrió la puerta y dudó unos segundos, respirando profundamente.

–¿Jenna? ¿Estás bien?

Se giró hacia él.

–¿Quieres…? –se mordió el labio, provocándole el mismo efecto que el otro día. Dylan esperó con la respiración contenida a que terminara la frase–. ¿Quieres pasar a tomar una copa?

Por supuesto que sí, gritó una voz en su interior. No quería que aquella noche acabase. Jenna parecía estar bajando sus defensas. Pero él debía proceder con mucho cuidado para no asustarla ni echarlo todo a perder.

–Una copa más y excederé el límite de alcoholemia para conducir… –dijo, formulando indirectamente la pregunta crucial. Se marcharía si eso era lo que ella quería. No se alegraría de hacerlo, pero lo haría.

Jenna dio un paso hacia él y le puso la mano en el pecho.

–Entonces quizá deberías quedarte.

Dylan ahogó un gemido y sintió que el corazón le daba un vuelco. ¿Lo sentiría ella también?

–Quizá –consiguió responder, y le rodeó la cintura con un brazo.

Entraron juntos y él la soltó para que encendiera la luz del salón.

–No sé qué tengo de beber en casa, pero creo que queda algo de vino. ¿Te parece bien?

Él la agarró de la mano y tiró de ella.

–En realidad no quiero una copa, Jenna.

–¿No?

–No. Solo te quiero a ti.

No tuvo tiempo de decir nada más, porque él tomó posesión de su boca con una avidez salvaje. El sabor de sus labios prendió las ascuas que se quemaban en su interior, y ella respondió a su pasión con la misma fogosidad. Le subió las manos por el pecho y el cuello y lo agarró por la nuca, sin permitirle que interrumpiera el beso.

–Vamos a tu cuarto –le exigió él sin dejar de besarla.

Ella apuntó hacia el pasillo.

–Al fondo a la derecha.

Dylan le pasó un brazo bajo las rodillas y el otro por detrás de la espalda y la levantó. Ella se abrazó a sus hombros y le acarició la mejilla, tan reacia como él a romper la conexión. Dylan recorrió el corto pasillo y abrió la puerta con el pie. El dormitorio era pequeño y sencillo. La cama ocupaba casi todo el espacio y una tabla de madera clara hacía las veces de cabecero.

Dylan la bajó al suelo.

–Esta vez quiero verte –murmuró, apartándose brevemente de ella para encender la lámpara de la mesilla.

Le levantó la túnica y se quedó embelesado con la imagen de su piel clara y suave, con la forma de su cuello y sus hombros y con los pechos que apenas contenía el sujetador.

–Te dije que eras preciosa, pero me equivoqué –la voz se le trababa por la emoción–. Eres mucho más que eso.

Le trazó con el dedo una vena azulada en el pecho y oyó cómo ahogada un suspiro. Siguió la línea hasta donde desaparecía bajo el sujetador azul de encaje.

–Voy a besarte ahí –le prometió, mirándola a los ojos–. Pero antes quiero verte.

Le quitó las sandalias y los pantalones muy despacio, hasta dejarla en ropa interior. Sintió sus temblores cuando le deslizó las manos por los brazos hasta los hombros. Su piel era exquisitamente suave, y su dulce fragancia embriagó a Dylan mientras la besaba en el cuello.

Jenna se tumbó en la cama y extendió la mano hacia él. Dylan la tomó y se acostó a su lado, maravillándose de su perfecta figura. Volvió a trazar la delicada curva del hombro y acompañó el roce con la punta de la lengua. Ella lo recompensó con un gemido de placer, de modo que volvió a hacerlo y le lamió la base del cuello. Sintió cómo le latía frenéticamente el pulso, revelando un deseo tan ávido como el suyo.

Continuó su exploración por los pechos, subió

las manos hasta los hombros para apartarle los tirantes del sujetador y las bajó por la espalda para desabrochárselo.

–¿Debería preocuparme de que lo hayas hecho con tanta facilidad? –se burló Jenna, pero su voz acabó en un gemido ahogado cuando él le acarició la piel desnuda hasta tocar el pezón, rosado y endurecido.

–No –respondió, antes de rozarle la punta con la lengua.

Ella se estremeció.

–Hazlo otra vez, por favor.

–Tus deseos son órdenes…

El gemido de Jenna le desató en la entrepierna una excitación salvaje, pero se obligó a ignorarla. Tenía que concentrarse en ella y anteponer su placer al suyo. Así pues se tomó su tiempo explorando el resto de su cuerpo. Se entretuvo en sus pechos, sus costados y su ombligo, y luego descendió por el pequeño bulto del vientre. Allí posó la mano e imaginó que la conexión trascendía todas las barreras y sensaciones. Su hijo. Su mujer. Su vida. La besó en la piel y deslizó los dedos por el borde de las braguitas hasta la unión de sus muslos. Ella se estremeció y empujó la pelvis hacia él.

–Dylan, por favor…

Él apretó la palma contra su sexo, maravillándose con su calor y humedad, y sintió su estremecimiento.

–Deja de torturarme –le suplicó ella con voz ahogada.

–Todo vale en el amor y en la guerra –le dijo él, y le quitó las braguitas para besarla entre los muslos.

Ella agarró la sábana con los puños cuando la lengua tocó su sexo. Su olor y sabor enloquecieron a Dylan de tal manera que no pudo aguantar más. Tenía que poseerla enseguida. Tenía que introducirse en ella, fundirse con ella en un solo ser. Se quitó los calzoncillos y se colocó entre sus piernas, sintiendo su sacudida cuando la punta de la erección empezó a abrirse camino. Ella levantó las caderas para recibirlo y él dejó que el calor de su cuerpo lo absorbiera lentamente, muy lentamente, hasta introducirse por completo en ella, donde necesitaba estar.

Movió las caderas y ella hizo lo mismo, apretando y aflojando los músculos internos en perfecta sincronía. Las pupilas se le dilataron y los ojos se le empañaron de deseo. Dylan quería que durase lo más posible, que fuera aún más maravilloso y especial, pero cuando el cuerpo de Jenna empezó a sacudirse, cuando cerró los ojos y soltó un grito de puro éxtasis, Dylan perdió el control y se dejó arrastrar por la fuerza del placer hasta alcanzar también él el orgasmo.

Agotado y alucinado por lo que acababa de vivir, se giró de costado y apretó a Jenna contra él mientras esperaba a que los latidos volvieran a su ritmo normal.

–Creo que acabamos de demostrar que la primera vez no fue una casualidad –dijo en voz baja y jadeante, y sintió la risita de Jenna reverberando por su cuerpo.

–Sí, creo que sí.

El tono de su voz, jocoso y lánguidamente satisfecho, lo hizo sentirse aún mejor por saber que había contribuido a su bienestar. Todo era perfecto. Sabía que nunca podría cansarse de aquello. De sentirla en sus brazos, de tener la curva de su trasero bajo la mano, de aquella conexión que nunca había compartido con ninguna otra mujer.

Quería que durase para siempre, y tuvo que emplear toda su fuerza de voluntad para no volver a presionarla con el matrimonio y el compromiso permanente. En el fondo sabía que Jenna aún albergaba dudas. Y era comprensible que las tuviera, considerando el poco tiempo que llevaban conociéndose. Pero tenían el resto de sus vidas para descubrir todos los detalles que mantenían el interés en una relación. Lo que había entre ellos era el mejor regalo que se podía recibir en la vida. Él lo sabía muy bien. Había buscado la perfección en todo lo que hacía.

Jenna Montgomery era la perfección. Solo tenía que convencerla.

Capítulo Diez

Jenna sonrió al oír los acelerados latidos de Dylan bajo su oído. Tal vez fuera el presidente ejecutivo de Lassiter Grill Corporation, un chef mundialmente famoso y un consumado playboy, pero por debajo de todo era solamente un hombre. un hombre maravilloso, eso sí. Y en esos momentos, era suyo.

¿Podría ser el hombre de su vida? Empezaba a creer que sí. Había disfrutado mucho con él y con su familia aquella noche. ¿Podría encontrar el valor para abandonar su fortaleza y aceptar lo que Dylan le ofrecía? Solo el tiempo lo diría.

Él le acarició la cadera, el costado y los hombros, provocándole un estremecimiento bajo la piel. Jenna se estiró como una gata, casi ronroneando.

–Dime cómo te gusta –le pidió suavemente–. ¿Así? –la apretó un poco más–. ¿O así?

–Mmm… Dame veinte minutos y te lo diré.

Él se rio, y el sonido de su risa le llenó el corazón de felicidad a Jenna.

–¿Veinte minutos? Eso es todo un compromiso.

–Puede ser –dijo ella. Si realmente quería estar con él, debería abrirse a él.

Pero cada vez que Dylan hablaba del compromiso el miedo volvía a bloquearla. Él no sabía casi nada de ella, salvo lo que veía en aquel momento y lugar. La persona que era Jenna no tenía nada que ver con la que había sido once años antes.

Dylan, en cambio, era un libro abierto. Había sufrido enormemente con la muerte de sus padres, de su madre adoptiva y de J.D. Pero siempre había tenido el apoyo de la familia, siempre había habido alguien que llenase el hueco dejado por un ser querido. Primero habían sido J.D. y su mujer, Ellie, cuando perdió a sus padres. Y cuando Ellie murió, según se había enterado Jenna aquella noche, fue Marlene la que ocupó el lugar de una madre para Dylan y su hermano.

Pero Jenna… ¿Qué había tenido salvo la inquebrantable voluntad para sobrevivir? Solo gracias a su determinación había conseguido superar las discusiones de sus padres, el abandono de su madre y el traslado a Estados Unidos, lejos de todo lo que conocía y de todas aquellas personas con las que se había atrevido a establecer un vínculo.

¿Se atrevería a establecer un vínculo con Dylan?

–¿En qué piensas? –le preguntó Dylan–. Si quieres decírmelo.

El primer impulso de Jenna fue negarse, pero se dio cuenta de que era la oportunidad perfecta para sincerarse con Dylan. La reacción que él tuviera determinaría el futuro para ambos.

—Estaba pensando en lo distintas que han sido nuestras vidas.

—¿A qué te refieres?

—Tú disfrutaste de la estabilidad y la seguridad que te brindaba tu familia. Es como si todo el mundo pudiera encajar en ella, ¿sabes?

—Sí. No siempre fue fácil, pero me considero afortunado.

—Juntos hacéis que la familia permanezca unida. Yo nunca me he sentido así. Por lo que sé, mis padres eran hijos únicos y sus padres murieron antes de que yo naciera. Eso debería haberlos unido, pero fue al contrario. Siempre estaban enfrentados, cada vez más distantes.

—No debió de ser fácil, ni para ellos ni para ti.

—No, no lo fue. Me sentía sola y asustada, siempre temiendo que se pelearan. Casi fue un alivio cuando mi madre nos dejó, pero también sufrí mucho porque no me hubiese llevado con ella. Mi padre me dijo que se había marchado porque sentía que éramos un lastre.

Dylan suspiró.

—No debió de decírtelo, aunque fuera cierto. Y tu madre nunca debió marcharse. No se puede tratar así a un niño. Un padre ha de procurar siempre lo mejor para su hijo. Tal vez eso suponga renunciar a muchas cosas, pero cuando un niño es pequeño te debes a él en cuerpo y alma.

Jenna cerró los ojos, henchida de emoción. Las

palabras de Dylan expresaban los principios que para ella eran sagrados.

—Ellos no lo vieron así —murmuró.

—¿Mantienes contacto con tu padre?

Jenna negó con la cabeza. No quería decirle que su padre estaría en prisión al menos otros dos años. Seguramente habría salido en libertad condicional si no hubieran descubierto que seguía seduciendo por internet a viudas ricas en las horas que podía conectarse.

—No. Llevamos vidas totalmente separadas, y si te soy sincera no quiero tener nada que ver con él.

—¿Le dirás lo del bebé?

—No. No quiero que se acerque a nosotros.

—La familia es importante, Jen —siguió acariciándola, y el roce de su mano sirvió para tranquilizarla un poco—. Yo no estaría donde estoy ahora sin la mía.

Ella soltó una amarga carcajada.

—Ni yo. Pero he aprendido que porque alguien sea tu familia no significa que desee lo mejor para ti. Mi madre adoptiva me dio mucho más afecto y seguridad que mis padres biológicos. Gracias a ella aprendí a valerme por mí misma y me gusta que sea así. Trabajo duro y todo lo que tengo es porque me lo he ganado. Tal vez no pueda permitirme estanques de agua salada o aviones privados, pero a mi hijo podré ofrecerle lo que más importa, que es seguridad y amor incondicional. He hecho de este sitio mi hogar y lo defenderé hasta mi último aliento.

Dylan guardó un largo silencio.

–¿Y en esa vida hay sitio para mí?

Ella se colocó sobre él y le sujetó la cara entre las manos para besarlo.

–Eso depende.

–¿De qué?

–De si vas a seguir diciéndome lo que tengo que hacer, o si estás dispuesto a participar en la vida de nuestro hijo a partes iguales.

Él la miró fijamente con el ceño fruncido.

–Puedo aceptar esa participación –dijo con cautela–. Pero preferiría que nos casáramos.

Esa vez, al decirlo, no le provocó a Jenna temor ni ansiedad. Lo que sintió fue curiosidad y la necesidad de reflexionar con calma sobre su propuesta en vez de rechazarla sin más.

–Creo que lo pensaré –dijo, sin poder creerse que aquellas palabras salieran de sus labios.

–Gracias –respondió él simplemente. La apretó con fuerza y ella volvió a besarlo hasta que se abandonaron a un nuevo arrebato de deseo y pasión.

A la mañana siguiente Dylan se levantó de la cama sin despertar a Jenna. Se puso los vaqueros y fue a la cocina a ver qué podía preparar de desayuno. Examinó los electrodomésticos con interés. Todo era nuevo y apenas parecían haberse usado. O bien Jenna era una fanática de la limpieza o no empleaba mucho tiempo en la cocina. Por lo que le había dicho sobre los platos precocinados sospechaba que era lo último.

Abrió el frigorífico y sus sospechas se vieron corroboradas al comprobar que estaba casi vacío. Frunció el ceño mientras consideraba las escasas opciones. En el cajón de las verduras encontró un pimiento rojo bastante maduro y algunos champiñones frescos. Siguió rebuscando por la cocina y encontró cebollas y patatas en recipientes de loza.

Con todo eso y los huevos del frigorífico podría preparar una tortilla española y freír unos champiñones. La boca se le hizo agua al pensarlo. Pero cuando se puso a pelar las patatas lamentó no estar en su cocina con sus afilados cuchillos de primera calidad.

Frió las patatas y las cebollas juntas mientras cortaba los champiñones y batía los huevos. Cuando se disponía a darle la vuelta a servir la tortilla en dos platos oyó un ruido en el pasillo.

–Buenos días –dijo cuando Jenna entró en la cocina con una bata. Tenía el pelo alborotado, los ojos legañosos y una expresión adormilada que casi hizo que Dylan se olvidara del desayuno y la llevara de nuevo a la cama para despertarla debidamente.

–Buenos días –abrió el frigorífico y sacó una botella de agua–. Huele muy bien. ¿Vas a alimentarme otra vez?

–Tortilla española. ¿Tienes hambre?

–Últimamente siempre tengo hambre.

–Pues a comer –repartió los champiñones en los dos platos.

–¿Lo has hecho tú?

–Con mis propias manos.

–¿Tenía los ingredientes o has salido a comprarlos?

Él se rio.

–Tenías de todo aquí. No te he dejado ni un segundo.

No pensaba separarse de ella durante todo el fin del semana o el tiempo que tuviera libre hasta la inauguración del restaurante, prevista para la próxima semana.

–Mmm –murmuró ella, llevando los platos a la mesa–. Quizá deberías darme clases de cocina.

Dylan sonrió. ¿Clases? Nada le gustaría más que tener a Jenna en su cocina ataviada únicamente con un delantal.

–Claro. ¿Empezamos hoy?

–Estaba bromeando, pero si lo dices en serio…

–Nunca bromeo con la comida.

–Está bien, empezamos hoy.

–Perfecto. Te llevaré a mi casa. Allí tengo todo lo necesario.

Ella le devolvió la sonrisa y fue como si el sol hubiera vuelto a salir.

–Gracias.

El móvil de Dylan emitió un pitido.

–Discúlpame un momento –dijo, y se lo sacó del bolsillo para ver el mensaje. Era de Felicity Sinclair, la encargada de relaciones públicas de Lassiter Media, confirmándole su llegada a Cheyenne al día siguiente por la mañana. Dylan le respondió rápidamente y devolvió la atención a Jenna–. Lo siento, cosas del trabajo.

–¿Siempre trabajas los fines de semana?

–Cuando es necesario, sobre todo ahora que vamos a abrir un nuevo local. Era un mensaje de texto de nuestra ejecutiva de relaciones públicas. Llegará mañana. La llevaré a la tienda para presentártela.

–Estupendo. Espero que se asegure de que el logo de la floristería aparezca bien visible en tu publicidad –dijo ella con una sonrisa.

Se inclinó para llevarse un trozo de tortilla a la boca y la bata se le abrió lo bastante para ofrecer un atisbo de su pecho desnudo. Dylan se olvidó al instante de todo lo relacionado con el trabajo y se quedó mirándola embobado mientras ella seguía comiendo, ajena a su ávida mirada. Al acabar levantó la vista y se dio cuenta de lo que cautivaba la atención de Dylan. Los ojos se le oscurecieron y las mejillas se le cubrieron de rubor.

–¿No tienes apetito? –le preguntó con voz ronca.

–Me muero de hambre –respondió él. Dejó el tenedor, apartó el plato, se levantó y se arrodilló ante ella para deslizarle una mano en el interior de la bata.

–Ah, ahora entiendo por qué me das tan bien de comer –dijo Jenna–. No quieres que pierda las fuerzas.

–Entre otras cosas –con el pulgar le acarició el pezón que pedía a gritos su boca. Dylan nunca había desoído su instinto y empezó a lamerlo ávidamente. Jenna lo agarró por el pelo para mantenerlo pegado a ella mientras él se deleitaba con su carne.

–Menos mal que ya he comido –consiguió decir antes de que él le abriera la bata y pasara al otro pecho–. Porque tengo el presentimiento de que voy a necesitar el exceso de calorías.

–Y mucho más –murmuró él sin despegar la boca de su piel.

No llegaron a su casa hasta mucho después de la hora de comer, y para entonces ya estaban impacientes por volver a devorarse el uno al otro. A Dylan le sorprendió que lograran llegar a la cocina, cuando lo único que quería era llevar una y otra vez a Jenna a las más altas cotas de placer.

En vez de eso la ayudó a preparar un sencillo almuerzo para los dos.

–¿Siempre compras de todo en el supermercado? –comentó ella mientras cortaba una lechuga romana y echaba los trozos a una ensaladera.

–Cuando me apetece una ensalada griega, sí. ¿Qué pasa? ¿Tu familia no cocinaba nunca?

Nada más decirlo se arrepintió de haberlo hecho. Ya sabía que una barrera invisible se levantaba entre ellos cuando se hablaba de su familia.

–Recuerdo hacer galletas con mi madre una o dos veces, pero nada más. Mi padre solía comer fuera o compraba comida para llevar. Casi nunca estaba en casa para comer, así que aprendí a apañármelas como fuera.

Dylan se quedó horrorizado, sobre todo por lo que Jenna no decía. ¿Cuántos años tenía cuando su padre dejó que se ocupara ella misma de sus comidas? Rodeó la isla y la abrazó por la cintura.

–Lo siento –la besó en la nuca–. No pretendía sacar el tema.

–No importa –dijo ella mientras cortaba la cebolla y los pimientos que había dispuesto en fila sobre la encimera.

–¿Quieres que lo haga yo?

–No, no. Estoy disfrutando mucho –le sonrió por encima del hombro y siguió cortando la verdura hasta llenar la fuente de tomates, aceitunas y pepino. Dudó, sin embargo, antes de añadir el queso feta.

–Tranquila, está hecho con leche pasteurizada –le dijo Dylan.

–¿Estás seguro?

–Lo he comprobado, pero déjalo si quieres –para ahorrarle el dilema, volvió a meter el paquete en el frigorífico y lo sustituyó con lonchas de pechuga de pollo–. Usa esto, mejor. No hay por qué aferrarse a la receta tradicional.

–Gracias… Lo siento, pero es que no quiero correr ningún riesgo con el bebé. Es todo lo que tengo.

Se llevó una mano a la barriga y Dylan vio el amor reflejado en su rostro. Le puso la mano sobre la suya.

–Ahora también me tienes a mí. No voy a irme a ninguna parte, Jenna. A menos que tú te vengas conmigo.

Capítulo Once

Jenna quería creerlo. Necesitaba creer con todo su corazón que fuera cierto. Pero había oído muchas veces a su padre decirle lo mismo. Se valía de su labia para engañar a todo el mundo y siempre parecía sincero, como si realmente las palabras le salieran del corazón.

–Ver para creer –dijo, intentando mantener un tono despreocupado.

–¿No me crees?

Le quitó el cuchillo y la hizo girarse hacia él, sujetándole la cara entre las manos para obligarla a mirarlo a los ojos.

–Yo no he dicho eso –se excusó, anhelando poder confiar en lo que Dylan le decía sin buscar motivos ocultos.

Pero aparte del bebé y de la química sexual, ¿qué más había entre ellos? Hacían falta más cosas para casarse. El matrimonio de sus padres era el perfecto ejemplo. Un matrimonio exigía compromiso, compañerismo y empatía. ¿Qué motivo podía tener Dylan para querer estar con ella? Tenía todo lo que podía desear en la vida. No necesitaba nada de ella.

–Jenna, te hablo en serio. Ya sé que apenas nos conocemos y que hemos empezado con mal pie. Si pudiera dar marcha atrás, emplearía todo el tiempo que hiciera falta para cortejarte y demostrarte que puedes confiar en mí. Pero creo que algo nos ha unido y que estamos hechos para estar juntos.

–Ojalá fuera así de fácil.

–Puede serlo. Si tú lo permites.

–Lo intento, Dylan. De verdad que lo intento. Quiero… quiero confiar en ti.

–Eso ya es un paso importante, ¿no? Vamos, acabemos la ensalada y te enseñaré el resto de la casa.

A la mañana siguiente Jenna estaba pensando en el día que había pasado con Dylan cuando Valerie llamó a la puerta de su despacho y asomó la cabeza.

–Tienes visita. El señor Macizo y una mujer que parece un maniquí de Rodeo Drive. La verdad es que hacen buena pareja –cerró la puerta tras ella y volvió al mostrador.

¿Pareja? Imposible, después de cómo la había tratado Dylan el día anterior. Pero aun así sintió una punzada de celos e inseguridad. Aquella ejecutiva de relaciones públicas, fuera quien fuera, encajaba más en la vida de Dylan de lo que ella podría encajar jamás. Y seguro que no ocultaba oscuros secretos de su pasado. Se levantó con una incómoda sensación y se miró al espejo que colgaba de la puerta. No tenía un solo pelo fuera de lugar y no necesitaba retocarse el maquillaje, así que no había necesidad de demorarse.

El corazón le dio un vuelco al pensar que iba a ver a Dylan. El día anterior se había mostrado maravillosamente atento y la había hecho sentirse especial.

Volvieron a llamar a la puerta de su despacho.

—¿Jenna? —era Dylan.

Dibujó una sonrisa en su rostro y abrió la puerta. El corazón casi se le salió del pecho al verlo. Iba vestido con un elegante traje gris marengo, camisa blanca y corbata a rayas. Tras él, una mujer alta, rubia y delgada examinaba unas malvarrosas. Con razón Valerie pensaba que hacían buena pareja. Con su traje a medida y sus altos tacones de Louboutin, aquella mujer y Dylan parecían sacados de la revista *Forbes*. Jenna se tiró de la túnica que se había puesto aquella mañana junto a unos pantalones elásticos y lamentó no haber elegido unas prendas más elegantes.

—Buenos días —lo saludó tan animadamente como pudo.

Dylan no perdió un segundo y la sorprendió besándola en los labios. Jenna le puso una mano en el pecho para no perder el equilibrio. Dos segundos con él y ya perdía la cabeza...

–Ahora sí que son buenos –dijo él con una sonrisa. Entrelazó el brazo con el suyo y la acercó a su costado–. Ven a conocer a Fee.

Al oír pronunciar su nombre, la mujer levantó la cabeza y le sonrió a Jenna.

–Hola –se acercó a ellos con la mano extendida–. Soy Felicity Sinclair, pero puedes llamarme Fee. ¿Son estos tus diseños? Son fantásticos.

–Sí, míos y de Valerie –respondió Jenna, sintiéndose un poco más tolerante hacia la recién llegada.

–Tendrías mucho éxito en Los Ángeles. Ojalá tuviéramos a alguien como tú para las flores de nuestras oficinas y eventos. Dylan me ha dicho que lo tienes todo bajo control para la inauguración del sábado.

–Sí, ¿quieres ver el modelo de las mesas?

Durante los veinte minutos siguientes Jenna le mostró sus ideas para los arreglos florales del restaurante. Cuando abandonaron la tienda se sentía mucho más segura de sí misma y de su habilidad para tratar con mujeres como Fee Sinclair.

–¿Estás lista para otra clase de cocina esta noche? –le susurró Dylan al oído mientras salían–. Estaba pensando en algo de postre, como salsa de chocolate…

Las llamas del deseo volvieron a prender en el interior de Jenna, encendiéndole las mejillas y granjeándole una mirada curiosa de Valerie.

–Claro, ¿en tu casa o en la mía? –le preguntó en voz baja.

–En la tuya, mejor. Está más cerca de la floristería por si acaso nos levantamos tarde.

Ella asintió, sin atreverse a hablar. Él volvió a besarla y la abrazó brevemente, dejándola aturdida y anhelosa.

–Te veo después del trabajo –se despidió y sacó a Fee de la tienda.

Apenas se hubo cerrado la puerta, Valerie corrió hacia ella.

–¿Cuándo pensabas decírmelo? –le preguntó en tono acusatorio.

–¿El qué?

–Lo tuyo y lo del señor Macizo.

–¿A qué te refieres?

–Oh, vamos, he visto cómo te miraba –se abanicó teatralmente–. Y la manera de besarte… Dios, hasta a mí se me han alterado las hormonas.

–Somos amigos, Valerie. Buenos amigos.

–Es el padre de tu bebé, ¿verdad?

Jenna se sintió palidecer. Aparte de Dylan y de su familia, nadie más sabía aún que estaba embarazada.

–Recuerda que he tenido cuatro hijos. Entiendo que quieras mantenerlo en secreto, especialmente siendo él un Lassiter y todo eso. Pero quería decirte que me alegro por ti. Trabajas muy duro y ya era hora de que te divirtieras un poco. Si

119

algo he aprendido de la vida es a aprovechar cada momento. Nunca se sabe lo que puede ocurrir.

Las palabras de Valerie seguían resonando en sus oídos mientras intentaba concentrarse en el trabajo. ¿Estaría siendo una estúpida por intentar protegerse de Dylan en vez de lanzarse con él al vacío? No tenía dudas de que él quería cuidar de ella, pero ¿quería ella que la cuidaran? Había luchado mucho por ser independiente y no necesitar a nadie. ¿Podría aceptarla Dylan como a una igual? Tenía que admitir que empezaba a confiar en él y a aceptarlo como era. ¿Se atrevería a dar el paso definitivo y casarse con él?

–¿Qué te ha parecido? –le preguntó Dylan a Fee mientras volvían al restaurante.

–¿Los diseños o la señorita Montgomery? –preguntó ella con un brillo en los ojos.

–Las dos cosas. Bueno, no importa –se rio–. Por cierto, me gustaría que el nombre de la floristería aparezca en la publicidad del restaurante. ¿Puedes encargarte de ello?

Fee sacó su agenda y escribió algunas notas.

–Claro. Las flores van a quedar muy bien, el complemento perfecto para la inauguración y para el restaurante en general. En cuanto a Jenna… me resulta familiar pero no sé por qué. No sé si es su cara o su nombre.

–Se encargó de las flores para la cena de ensayo de Angelica.

–No, no es por eso… Tranquilo, me acabaré acordando.

En el restaurante Dylan tuvo dificultades para concentrarse. Lo único que quería era volver a la floristería y llevarse a Jenna a su casa. Pero Fee lo tuvo ocupado todo el día, y cuando llegó la hora de marcharse estaba loco de impaciencia por ver a Jenna.

Ella lo recibió en la puerta de su casa con una sonrisa que le iluminaba el rostro, demostrándole que lo había echado tanto de menos como él a ella. Era otro paso importante en la dirección correcta. Dylan sacó del coche la bolsa de la compra y corrió hacia ella para levantarla en brazos y besarla apasionadamente.

Cuando volvió a dejarla en el suelo, se preocupó al notar lo pálida que estaba.

–Vamos, tienes que poner los pies en alto. Parece que hoy has hecho mas cosas de la cuenta.

La llevó al salón y la sentó en el sofá, haciéndola reír cuando le levantó los pies y la giró para recostarla.

–No es necesario, Dylan. Ha sido un día muy largo, nada más.

–Y por fin puedes relajarte. Ya estoy yo aquí –lo dijo con un tono autoritario que no sentía realmente. Con Jenna nunca sabía lo cerca que estaba de pasarse de la raya. Pero quería cuidar de ella y aliviarla de la mayor carga de trabajo posible, sobre todo cuando la veía tan pálida y demacrada.

A pesar de sus protestas, no intentó levantarse del sofá, y Dylan llevó las cosas a la cocina. Llenó un vaso de agua y se lo llevó inmediatamente.

–¿Has estado de pie todo el día? –se sentó en el sofá y le levantó un pie para masajeárselo.

–Mmm… Qué gusto –murmuró ella, eludiendo la pregunta–. Estoy pensando en quedarme contigo si me prometes que me harás un masaje todos los días después del trabajo.

–Solo tienes que decir una palabra y seré tuyo.

–¿Una palabra?

–La respuesta a la pregunta de si quieres casarte conmigo.

–Gracias por la aclaración –bromeó ella.

Dylan empezó a masajearle el otro pie y vio que se le cerraban los ojos. Volvió a dejarle el pie en el sofá y fue a la cocina a preparar la cena. El agotamiento de Jenna lo preocupaba. ¿Sería algo normal? Tendría que buscar información o hablar con un médico. Tal vez Marlene fuera de ayuda, o también Hannah. Decidió que al día siguiente llamaría al rancho por la mañana.

Estaba preparando unas alitas de pollo con patatas y espinacas cuando sonó el teléfono de casa. Agarró rápidamente el auricular de la cocina antes de que el timbre despertara a Jenna.

–¿Diga?

–Eh… Hola, no sé si he marcado el número correcto. ¿Es la casa de Jenna Montgomery?

Dylan reconoció la voz de Valerie, la ayudante de Jenna en la floristería.

–Sí, soy Dylan Lassiter. Jenna está descansando.

–Solo llamaba para saber cómo está. Hoy se ha mareado en la tienda y no ha querido irse temprano a casa. ¿Puede decirle que mañana iré a abrir yo en su lugar? Así puede descansar un poco más.

Dylan le prometió que le daría el mensaje y colgó. ¿Mareos? La frustración se apoderó de él. No podía decirle lo que debía hacer, pero todo su cuerpo lo acuciaba a hacerse cargo y dejarle muy claro que su salud y la del bebé eran mucho más importantes que el trabajo.

–¿Han llamado?

Dylan maldijo en silencio. El teléfono la había despertado, por lo que solo había dormido veinte minutos. A juzgar por su mal aspecto necesitaba muchas horas de sueño.

–Sí, era Valerie. Ha llamado para saber cómo estabas y para decirte que mañana se encargará ella de abrir la tienda.

–No tiene por qué hacerlo. Soy perfectamente capaz de abrir la tienda yo sola. Ella tiene un hijo de cuatro años y por eso empieza a trabajar más tarde.

–Seguramente haya encontrado a alguien con quien dejarlo. ¿Por qué no me dijiste que te mareaste hoy en la tienda? –se sentó en el sofá y le levantó las piernas para colocarse los pies en el regazo. Jenna pareció ponerse a la defensiva.

–No fue nada. Me agaché para recoger algo y al incorporarme me mareé un poco, nada más.

–¿Te habías mareado antes?

–No, nunca. Estoy bien, en serio. No te preocupes, por favor.

–A lo mejor quiero preocuparme por ti –replicó él–. Dime, ¿cuándo fue la última vez que alguien se ocupó de ti?

Ella sonrió.

–Creo que fue anoche, en la cama, cuando…

–No me refiero a eso y lo sabes. Jenna, a veces debemos compartir la carga que llevamos y dejar que alguien nos ayude. Yo quiero ser ese alguien.

Ella volvió a ponerse seria y durante un rato no dijo nada.

–Yo también quiero que seas tú, pero…

Él le puso un dedo en los labios.

–No, no te justifiques. Me conformaré con lo que has dicho por ahora, ¿de acuerdo? Recuerda que no voy a irme a ninguna parte. Estoy aquí por y para ti, aunque tú creas que no me necesitas.

Capítulo Doce

Jenna se estiró sobre las sábanas de Dylan, deleitándose con el delicioso tacto del algodón en la piel desnuda. La noche anterior habían ido a cenar en familia al Big Blue, donde los Lassiter celebraban el compromiso de Hannah con Logan Whittaker, y Jenna volvió a quedarse maravillada con el amor y la lealtad que se respiraban en aquella familia. Y que también la incluía a ella.

Dylan se había mantenido fiel a su palabra y había compartido su carga. O mejor dicho, se la había cargado él solo a los hombros. A Jenna aún le costaba aceptar su ayuda de buen grado, pero estaba aprendiendo. Él le llevaba el desayuno a la cama antes de llevarla en coche al trabajo, arguyendo que podía sufrir un mareo mientras conducía, y al final de la jornada la recogía y la llevaba a casa de uno o de otro para cenar y dormir.

No habían vuelto a hacer el amor desde el pasado fin de semana. No por falta de ganas, sino porque Dylan insistía en que debía descansar. Y ella tenía que reconocer que estando acurrucada entre sus brazos dormía mejor que antes. No se sintió capaz de rebatir los argumentos de Dylan y le prometió que iría al médico si volvía a sentir el más leve mareo. Era toda una novedad recibir tantos mimos y cuidados. No recordaba haberse sentido nunca tan protegida ni amada. Tal vez él no se lo dijera con palabras, pero en cada gesto, en cada comida que le servía, Dylan le demostraba que quería estar con ella. Tal vez pudiera funcionar, se dijo a sí misma mientras se acariciaba el vientre a través de las sábanas. Tal vez pudieran ser una familia.

Dylan apareció en la puerta de la habitación, irresistiblemente sexy con un pantalón de pijama, sin afeitar y despeinado.

–¿Cómo te sientes esta mañana? –dejó la bandeja con el desayuno en la mesilla y se sentó en la cama para darle un beso.

–Muy bien –respondió ella con una sonrisa, y levantó una mano para acariciarle el pecho–. De hecho, si me sintiera un poco mejor sería peligroso.

–Peligroso, ¿eh?

–Creo que debería demostrártelo…

Se puso de rodillas, dejando que la sábana se le deslizara por el cuerpo hasta quedar desnuda ante la mirada hambrienta de Dylan. Su expresión la animó aún más. La hacía sentirse hermosa, sensual y enamorada.

Lo hizo tumbarse de espaldas y le bajó el pantalón para exponer su virilidad. Y entonces le demostró, con su mirada, sus dedos y su lengua, cuánto había llegado a significar para ella y lo dispuesta que estaba a iniciar un futuro en común.

Un rato después, mientras yacían el uno al lado del otro, exhaustos y jadeantes, Jenna miró al hombre que había conseguido traspasar sus defensas hasta adueñarse de su corazón.

–Sí –dijo simplemente.

Dylan se giró de costado y la miró fijamente con los ojos entornados.

–¿Sí? ¿Es lo que creo que significa?

Ella asintió tímidamente. De repente se sentía asustada, pues con aquella respuesta estaba renunciado al último vestigio de control.

Él entrelazó los dedos con los suyos y se llevó la mano a los labios para besarla.

–Gracias –le dijo con un tono tan reverente que a Jenna se le llenaron los ojos de lágrimas.

–¿Crees que a tu familia le parecerá bien?

–Te aseguro que estarán todos encantados. Pero quiero anunciarlo enseguida. Se acabaron los secretos. ¿Qué te parece si lo hacemos en la inauguración, pasado mañana? Todo el mundo estará allí. ¿De acuerdo?

No más secretos… Ella seguía albergando uno que podría cambiarlo todo. ¿Qué debía hacer? ¿Contárselo y esperar que no supusiera ninguna diferencia? ¿U ocultarlo en lo más profundo de su corazón con la esperanza de que nunca saliera a la luz? Imposible saberlo, pero tenía que tomar una decisión. Al fin y al cabo, acababa de tomar la decisión más importante de su vida al aceptar la proposición de Dylan.

Había un momento y un lugar para todo, y en aquel momento solo importaba el futuro.

Asintió lentamente.

–De acuerdo.

–En ese caso, me gustaría que llevaras esto… –abrió el cajón de la mesilla y sacó un estuche azul.

A Jenna se le aceleró el corazón. ¿Era lo que pensaba? Dylan abrió la tapa y le mostró un enorme solitario engarzado en un anillo con pequeños diamantes incrustados que destellaban a la luz de la mañana.

–¿Estás seguro, Dylan?

Él le tomó la mano izquierda y le deslizó el anillo en el dedo.

–Nunca he estado más seguro de algo en toda mi vida.

Dylan contempló muy complacido el restaurante. Había quedado sencillamente perfecto. Jenna y su joven ayudante, Millie, habían llevado los centros de mesa y habían montado los arreglos florales en el vestíbulo. Las coloridas creaciones colgaban artísticamente de los troncos, ofreciendo una hermosa imagen natural.

Las ideas de Jenna lo habían impresionado. Su habilidad iba mucho más allá de retorcer unos cuantos tallos en un jarrón. Dylan no cabía en sí de emoción y gozo. Estaba impaciente por anunciar aquella noche que Jenna era suya y que iban a formar una familia.

Aquel día era la culminación de años de duro esfuerzo. Echaba de menos a J.D. y lamentaba que el viejo no pudiera estar allí para verlo. Había estado junto a Dylan en la inauguración de los restaurantes anteriores, y aquel día se habría sentido muy orgulloso.

–¿Dylan?

La voz de Sage lo devolvió al presente y se giró con una sonrisa, sorprendido de verlo allí. Pero la seria expresión de su hermano le borró la sonrisa del rostro.

–¿Ocurre algo?

–¿Podemos hablar un momento?

–Claro, dime.

–En privado.

Dylan miró la frenética actividad que se desarrollaba a su alrededor. Los camareros iban de un lado para otro, comprobando que las mesas estuvieran listas y las copas y vasos relucientes. De la cocina llegaba el murmullo de un ajetreo similar. Si querían intimidad, tendrían que ir a su despacho.

Entraron y Sage cerró la puerta tras él.

–¿De qué se trata? –le preguntó Dylan, presintiendo que no iba a gustarle lo que su hermano tenía que decirle.

–No sé cómo empezar…

–Prueba por el principio.

Sage respiró profundamente.

–He recibido el informe del detective.

–¿De qué informe hablas?

–Sobre Jenna.

A Dylan le hervió la sangre.

–¡No tenías derecho!

–Tenía todo el derecho –dejó un gran sobre en la mesa de Dylan.

–¿Qué es todo esto? –preguntó mientras echaba un vistazo a las páginas que había en su interior.

«¡Ladrón de corazones!», rezaba un titular. El artículo hablaba de un estafador que había desplumado a un sinfín de mujeres a lo largo y ancho del país. Dylan continuó leyendo por encima hasta que se encontró con un nombre: James Montgomery.

–Que tenga el mismo apellido que Jenna no significa nada –dijo, pero no muy convencido.

Jenna le había dicho que no tenía ningún trato con su padre. ¿Cómo iba a tenerlo, si su padre había sido detenido, juzgado y encarcelado por estafar a mujeres inocentes?

–Sigue leyendo –lo acució Sage.

En ese momento llamaron a la puerta y Fee asomó la cabeza.

–Perdón, ¿interrumpo algo?

–No –dijo Sage antes de que Dylan pudiera responder–. Pasa. Tienes que saber esto por lo que pueda pasar esta noche.

–¿Saber qué? –preguntó ella, entrando en el despacho y cerrando la puerta.

–Parece que la novia de mi hermano pequeño no es quien dice ser.

–¿Y tú qué sabes? –le espetó Dylan.

–Sé que el niño que lleva es tuyo. Mi detective no ha encontrado nada sospechoso en todo el tiempo que ella ha vivido en Cheyenne. Lo que me lleva a preguntarme… ¿Por qué te escogió a ti de repente? ¿Pensaba quedarse embarazada desde el principio?

–¡Maldito hijo de…!

Dylan arremetió contra su hermano, pero Fee se interpuso entre ambos.

–Chicos, tranquilos. No quiero tener que explicar un ojo amoratado o un labio partido.

La advertencia hizo que Dylan se relajara.

–Te has pasado de la raya, Sage.

–¿Me culpas por intentar protegerte? Lee los artículos y luego saca tus propias conclusiones.

A pesar de la furia que le nublaba el pensamiento, la preocupación de su hermano le tocó la fibra sensible.

–Está bien –accedió con la mandíbula apretada.

–Me marcho. Tú también deberías leerlos, Fee –Dylan empezó a protestar, pero Sage lo ignoró–. Si yo he podido obtener esta información, cualquier otro podría hacerlo. No lo olvides.

Se marchó y Fee soltó una profunda exhalación.

–Vaya… ¿Dé qué va todo esto?

Dylan tragó saliva.

–De una información que tiene sobre Jenna.

–¿Sobre Jenna? ¿Crees que debemos…? –dejó la pregunta sin terminar.

Dylan suspiró.

–Sí, debemos leerla. Toma –empujó la mitad de los periódicos hacia ella.

Terminó de leer el artículo que ya había empezado y sintió un odio acérrimo hacia el padre de Jenna. Muchas de las mujeres a las que había engañado eran viudas que buscaban desesperadamente la compañía de un hombre, o incluso el amor, y a las que el padre de Jenna había dejado sin un centavo y con un montón de deudas. Dylan se imaginó que algo así pudiera haberle pasado a su tía Marlene y tuvo que contenerse para no romper algo.

Agarró el siguiente artículo. Una foto de Jenna, mucho más joven y con un pañuelo cubriéndole la cabeza rapada, dominaba la página bajo un elo-

cuente titular: «¿Está la hija metida en el ajo?».
No podía tener más de catorce o quince años, pero
la falta de cabello ponía de relieve sus grandes
ojos marrones y su dulce sonrisa.

Dylan creyó que iba a enloquecer de ira. El padre de Jenna, conocido como el Ladrón de Corazones, había usado aquella foto para recaudar fondos por internet diciendo que su hija se estaba
muriendo de cáncer y que no podían pagar el tratamiento. Dylan apenas podía creerse lo que estaba leyendo. Nunca se demostró que Jenna fuera
cómplice del fraude, pero no se sabía hasta qué
punto había estado implicada. Como tampoco se
sabía lo que había sido del dinero conseguido.

El artículo revelaba que Jenna, siendo menor
de edad, fue enviada con una familia de acogida
cuando su padre ingresó en prisión. Aquello expli-
caba cómo había llegado a Cheyenne y había acabado viviendo con Margaret Connell. Dylan agarró el artículo impreso que resumía los resultados
de la investigación. Jenna había estudiado en la
Universidad de Wyoming sin pedir ninguna beca
o préstamo y había usado una gran cantidad en
efectivo al comprar la casa. Un préstamo empre-
sarial la había ayudado a adquirir la floristería.
Todo parecía en regla, pero el artículo suscitaba
más preguntas que respuestas. ¿De dónde había
sacado Jenna el dinero para ir a la universidad y
comprarse una casa?

Dylan volvió a leer el párrafo del segundo artículo, que hablaba del dinero donado al «tratamiento» de Jenna. Era una cantidad muy generosa, lo que reflejaba la buena voluntad de la gente y la falta de escrúpulos de su padre. Al parecer, la mujer a la que él frecuentaba en aquel tiempo había donado una suma de seis cifras. Todo el dinero fue sacado de la cuenta abierta a nombre de Jenna sin que se supiera adónde había ido a parar.

Cuando él y Fee terminaron de leer los periódicos, esta fruncía el ceño con preocupación.

–¿Quieres cancelar la ronda de preguntas esta noche? –le sugirió–. Creo que sería lo mejor.

–Eso sería ir contra nuestra política habitual, y si lo hiciéramos suscitaríamos más interrogantes.

–Seguramente tengas razón. Supongo que tendremos que confiar en evitar las preguntas incómodas, aunque debo confesar que estoy preocupada. Como dijo Sage, si él pudo obtener esta información cualquiera podría hacerlo.

La sensación de haber sido engañado era como un martilleo en la cabeza de Dylan. Él mismo habría descubierto aquella información si hubiera sido más diligente. Pero solo había visto lo que había querido ver.

–Nos ocuparemos de ello si es necesario. La implicación de Jenna en las estafas de su padre solo es una conjetura.

Pero mientras lo decía sentía que las dudas le

oprimían la garganta. Fee se mordió el labio mientras miraba otra vez el periódico.

–¿Estás seguro de que es así como quieres manejar la situación? Es más, ¿estás seguro de que quieres a Jenna aquí esta noche?

No, no estaba seguro. Lo que quería era recibir respuestas de Jenna. Respuestas que ella debería haberle dado mucho antes. No soportaba pensar que le hubiera ocultado todo aquello.

–Digo lo mismo de antes: si no estuviera aquí surgirían muchas más dudas, de modo que sí, estoy seguro –dijo con firmeza.

–Está bien. Te veré esta noche.

Fee se levantó y salió del despacho, y Dylan decidió que iría a hablar con Jenna sin perder más tiempo. Tenía que saber la verdad de una vez por todas.

Justo cuando se estaba levantando oyó un fuerte ruido procedente de la cocina. Unos segundos después alguien llamó a la puerta.

–¡Tenemos un problema, chef!

Dylan soltó un gemido. Cualquiera que fuese aquel problema era mucho más urgente que hablar con Jenna en esos momentos. Pero tenía más de un problema, pensó mientras se dirigía hacia la cocina.

Capítulo Trece

Jenna se bajó del coche que Dylan había enviado a buscarla, con su vestido sin espalda ni mangas cayéndole delicadamente en un remolino naranja que disimulaba su embarazo. Muy pronto ya no habría manera de ocultarlo. Se tocó el diamante del dedo con una sonrisa.

Agachó tímidamente la cabeza cuando empezaron a hacerle fotos de camino a la puerta.

–¿Su nombre, por favor? –le preguntó el joven trajeado que controlaba la lista de invitados.

Dylan formaba parte del comité de bienvenida, impecable con un traje oscuro a medida. A Jenna se le aceleró el corazón al verlo. Era suyo. Y ella era la mujer más afortunada del mundo. Después de todo lo que había sufrido, él se había convertido en la luz que le indicaba el camino. La miró y ella le sonrió mientras iba hacia él con toda la elegancia que le permitían los tacones.

–¡Es fabuloso, Dylan! –le dijo mientras alzaba el rostro para que la besara.

Él la sorprendió apenas rozándole la mejilla con los labios, pero lo achacó al torrente de personas que aguardaba su turno para saludar al anfitrión.

–No te robo más tiempo. Te dejo con tus obligaciones.

–No, espera un momento –la agarró de la mano y se volvió hacia el hombre que estaba junto a él–. Evan, ¿puedes atender a Jenna mientras saludo a los invitados?

–Por supuesto.

–Jenna, este es Evan McCain, presidente de Lassiter Media. Ha venido de Los Ángeles para la inauguración. Con él estarás en buenas manos.

Jenna había reconocido al exnovio de Angelica, la hermana de Dylan, en cuanto lo vio al entrar.

–Me alegro de volver a verte, Evan. Qué bien que hayas podido venir.

–No me lo habría perdido por nada –le sonrió–. ¿Vamos a ver qué están sirviendo los camareros en esas bandejas tan grandes? No sé tú, pero yo me muero de hambre.

Le ofreció el brazo y Jenna lo aceptó con una sonrisa. Miró a Dylan, quien la observaba con el ceño fruncido.

–Estaré bien –lo tranquilizó–. Deseando estar contigo cuando estés libre.

Él asintió y recibió a los siguientes en llegar, el alcalde y su mujer. Jenna se alejó con Evan y no pudo evitar tener la sensación de que algo no iba bien.

Se produjo un poco de agitación en la entrada y

Jenna se giró para ver entrar a Angelica Lassiter, acompañada de un hombre alto y atractivo, con el pelo castaño oscuro y una mirada despiadadamente fría. Angelica estaba espectacular, con su corta melena en un elegante recogido que dejaba a la vista la delicada línea de su cuello.

Jenna sintió la tensión de Evan al ver a su ex-novia.

–¿Él? –masculló entre dientes–. ¿De entre todas las personas con las que podía haber venido tenía que elegirlo precisamente a él?

–¿Quién es? No creo haberlo visto antes por aquí –dijo Jenna mientras Evan la apartaba de los recién llegados y la llevaba hacia un camarero que portaba una bandeja de canapés.

–No, no has podido verlo antes. No te ofendas, pero no te mueves en los distinguidos círculos de Jack Reed. Vive en Los Ángeles y es uno de los tiburones más despiadados del país. No sé qué demonios hace aquí, a menos que Angelica lo haya traído para molestarme a propósito.

–Bueno –dijo Jenna tranquilamente–, sea cual sea el motivo, lo mejor es conformarte con mi compañía y demostrarle que no te importa con quién haya venido.

–¿Conformarme? Estoy encantado de poder disfrutar de tu compañía, y te pido disculpas si te he dado otra impresión –le dijo con una encantadora sonrisa.

Jenna se echó a reír, atrayendo la atención de los recién llegados. En especial la de Angelica, cuya expresión evidenciaba que estaba tan contenta de verlo allí como él de verla acompañada de Jack Reed. Afortunadamente un grupo de personas se interpuso entre ellos y Jenna respiró aliviada.

Evan la condujo por la sala, entre el resto de invitados. Estaban los miembros de la familia Lassiter y de la cámara de comercio, junto a algunos famosos y un montón de periodistas. Jenna recibió muchos cumplidos por las flores, y fueron muchos los que se interesaron por sus servicios profesionales. Las cosas no podrían ir mejor, pensó mientras todos ocupaban sus asientos. Evan la llevó a una mesa junto a la gran chimenea en el centro del restaurante. La etiqueta junto a la suya le confirmó que Dylan se sentaría a su derecha, y Evan ocupó la silla a su izquierda. Cuando todos se hubieron acomodado, se atenuaron las luces hasta que solo quedó iluminado el podio junto a la parte delantera. Jenna les sonrió en la penumbra a Marlene y a su acompañante, Walter Drake, sentados frente a ella.

Dylan presentó con orgullo al equipo de su nuevo Lassiter Grill. Jenna se retorció de emoción en la silla. De un momento a otro acabaría el acto oficial y la invitaría a unirse a él para compartir la noticia con todos los presentes. Le resultaba extraño que, después de tantos años procurando pasar inadvertida, estuviera impaciente por ser el centro de atención.

Se tocó el anillo que le había regalado dos días antes y se sintió rebosante de amor. Nunca había sido tan feliz como en aquellos momentos.

Dylan agradeció a todos su presencia y preguntó si había alguna pregunta. Le formularon algunas sobre el restaurante antes de que el interrogatorio adquiriera un matiz más personal.

—Dylan, últimamente has pasado mucho tiempo en Cheyenne —dijo una periodista en un tono empalagoso—. Aparte del restaurante, ¿hay algo o alguien que sea responsable de esta prolongada estancia?

Dylan asintió.

—He estado viendo a alguien, en efecto.

—¿No vas a decirnos quién es esa persona?

Fee, que estaba junto a Dylan, le susurró algo al oído. Él asintió y se dirigió a la periodista.

—Jenna Montgomery. Muchos de ustedes ya la conocen. Es la florista que ha engalanado el restaurante para esta noche.

Jenna sintió un incómodo hormigueo en la piel. ¿Eso era todo? ¿No decía nada de su compromiso? Creía que Dylan quería hacerlo público aquella noche. Que iba a declarar con orgullo que iban a casarse y a formar juntos una familia.

Un periodista tomó la palabra.

–¿Es cierto que Jenna Montgomery está embarazada de usted?

¿Cómo demonios sabía aquel hombre lo del bebé?

Dylan no perdió la compostura.

–Sí, es cierto –respondió como si no tuviera la menor importancia.

Pero el periodista siguió hablando.

–¿Y saben usted y su familia que la mujer embarazada de su hijo es la misma Jenna Montgomery que fingió un cáncer terminal para ayudar a su padre a conseguir un cuarto de millón de dólares en una recaudación benéfica hace once años?

La sala explotó de indignación. Jenna sintió que el suelo se abría bajo sus pies y que una corriente helada le recorría las venas. Oyó la voz de Dylan pidiendo calma, y cuando la sala volvió a guardar silencio Jenna esperó su respuesta con el corazón en un puño.

–Sí, conozco el pasado de Jenna y las acusaciones infundadas contra ella –hizo una pausa y le susurró algo a Fee, quien cruzó inmediatamente la sala hacia dos hombres de negro. Los tres se dirigieron hacia el periodista que había formulado las preguntas y lo hicieron abandonar discretamente el restaurante.

–Si no hay más preguntas, les invito a disfrutar de la cena –dijo Dylan.

Se hizo un silencio sepulcral en el restaurante

mientras todas las miradas se volvían hacia Jenna. Al otro lado de la mesa Marlene la miraba con preocupación, pero Jenna no se sentía capaz de responder a la pregunta que expresaban sus ojos. Solo quería salir de allí. Miró desesperada a su alrededor, buscando la salida más cercana y sintiéndose como una criatura acorralada sin lugar para esconderse. Junto a Marlene, Sage Lassiter la miraba fijamente, como si pudiera ver a la mujer que había pensado que era desde el principio.

Desvió la mirada en busca de un rostro compasivo, pero todos la miraban con una mezcla de horror y acusación. La habían aceptado entre ellos, la habían acogido con los brazos abiertos y ella los había engañado a todos.

Finalmente miró a Dylan, suplicándole en silencio que creyera en ella. También ella había sido una víctima inocente, pero tendría que habérselo contado mucho antes. Su silencio actual la hacía parecer cómplice.

Entonces sus miradas se encontraron y Jenna sintió que el último atisbo de esperanza se desvanecía. En los ojos de Dylan no había rastro del hombre cariñoso y comprensivo que había dormido con ella y que con tanta devoción la había cuidado en los últimos días. Ya no era el hombre que había querido casarse con ella y que le había hecho creer que podían ser felices juntos.

Un escalofrío le recorrió el cuerpo, quedándose tan aturdida que le costaba respirar. Aquello era su peor pesadilla. Su más oscuro y vergonzoso secreto había sido revelado delante de las personas que confiaban en ella y en quien había llegado a confiar.

Esa confianza había sido hecha pedazos junto a la reputación que tanto le había costado ganar. Al parecer no se podía escapar del pasado.

Dylan desvió la mirada hacia otra persona y unos segundos después Jenna oyó la voz de Felicity Sinclair al oído.

–Vamos, te llevaré a casa. Esto no es bueno ni para ti ni para el bebé.

–Gra-gracias –balbució ella, levantándose mientras Dylan seguía enfrentándose a las preguntas de los periodistas.

Fee la condujo entre las mesas hermosamente preparadas, las mismas mesas que Jenna había ayudado a decorar. Sentía las miradas de desprecio de todos los presentes. No podía creer que su mundo hubiera cambiado de un segundo a otro, pasando de la alegría y la ilusión a la amargura y la soledad.

El camino hasta la puerta parecía no acabar nunca, pero finalmente estuvieron fuera del restaurante. Fee la hizo subirse a un coche que las estaba esperando. Jenna se hundió en el asiento mientras Fee se sentaba a su lado y le decía al conductor que las llevara a casa de Jenna.

—Respira hondo, Jenna —le dijo, poniéndole una mano sobre la suya—. No te preocupes por nada. Dylan se ocupará de todo.

¿Cómo iba a ocuparse de todo? ¿Por qué iba a querer hacerlo? Jenna cerró los ojos con fuerza, pero seguía viendo su imagen y la expresión de su rostro justo antes de que Fee la sacara del restaurante. El aturdimiento empezó a dejar paso a un dolor desgarrador en el pecho.

—Todo va a salir bien —le aseguró Fee—. Ya has salido de allí.

Sí, había escapado del restaurante, pero nada volvería a ser igual. Había visto la duda, el dolor y la desconfianza en los ojos de Dylan. El amor que se había acostumbrado a ver en ellos ya no estaba. Se había borrado para siempre.

Pensó en todo lo que había perdido. La confianza de Dylan, su familia, el maravilloso futuro que había empezado a creerse…

El móvil de Fee empezó a sonar.

—Sí, vamos para su casa.

Jenna oyó una voz masculina apagada.

—Está bien, por ahora. Me quedaré con ella hasta que puedas venir —volvió a meter el móvil en el bolso—. Dylan vendrá en cuanto pueda.

Jenna asintió.

Un hombre como él, una familia como la suya, no podía permitirse el escándalo que supondría estar con alguien como ella.

Capítulo Catorce

Dylan aparcó junto a la acera frente a la casa de Jenna para no bloquear la salida de la limusina aparcada en el camino de entrada. Fee le abrió antes de que pudiera llamar.

–¿Cómo está?

–Se ha acostado. ¿Quieres que vuelva al restaurante?

–Si no te importa. Supongo que ya habrás preparado un plan de emergencia.

–Pues claro –le respondió con una sonrisa–. Déjamelo a mí. No es más que un escándalo pasajero que en nada afectará a Lassiter Grill Corporation. Puede que hasta sea beneficioso.

Tal vez no afectara a la empresa, pero desde luego afectaba todo lo que era importante para él, pensó Dylan mientras acompañaba a Fee a la limusina. Esperó a que se marchara y volvió a entrar en casa de Jenna.

La encontró de pie en el salón, mortalmente pálida y con el vestido arrugado. Dylan recorrió con la mirada sus delicados hombros, sus abultados pechos y el bulto de la barriga. Sintió que se le formaba un doloroso nudo en el estómago.

–¿Estás bien?

–No mucho –respondió ella–. Mejor dicho, estoy fatal –corrigió con una amarga carcajada.

Él se sentía igual. No solo por haber descubierto su secreto, sino porque hubiera salido a la luz delante de todo el mundo.

¿Por qué se lo había ocultado? Podría habérselo contado en cualquier momento durante los últimos días, sobre todo cuando aceptó la idea de un futuro en común.

–¿Es cierto? –se atrevió a preguntarle Dylan.

–¿Qué parte, exactamente?

Dylan intentó contener la frustración que amenazaba con dominarlo. ¿Cómo podía ser tan frívola y seguir ocultándole lo que necesitaba saber?

–Todo.

–Hay algo de verdad –reconoció ella en voz baja, agachando la cabeza.

–Así que estabas implicada.

–Sí –levantó el mentón y lo miró a los ojos–. Estaba implicada, pero no voluntariamente. No sabía lo que mi padre estaba haciendo.

–¿Qué pasa conmigo?

–¿A qué te refieres?

–¿Qué soy para ti?

–¡Dylan! –fue hacia él y le puso una mano en el pecho–. Tú sabes lo que eres para mí. Eres el hombre con el que quiero casarme. Eres el padre de mi hijo. Eres el hombre al que amo.

–¿Me viste como una presa fácil? –le preguntó sin poder contenerse–. ¿Es eso lo que fui? ¿Me echaste el ojo en la cena de ensayo? ¿O la idea se te ocurrió más tarde, al descubrir que estabas embarazada?

Vio cómo se encogía ante sus mordaces palabras. Sintió que retiraba la mano de su pecho.

–No me puedo creer que pensaras eso de mí –murmuró ella.

–¿En serio, Jenna? Hace solo dos noches acordamos que se habían acabado los secretos. ¿Qué se supone que debo creer?

Ella se puso muy rígida.

–No puedo decirte lo que tienes que creer. Quizá sea lo mejor para todos, especialmente para tu familia, que no volvamos a vernos. Te prometo que no te pondré ningún obstáculo para ver a tu hijo. Es lo que esperabas de mí desde el principio.

Dio un paso atrás y luego otro. Se quitó el anillo que él le había regalado con todo su amor y lo dejó sobre la mesa.

–Quédatelo –lo dijo con una determinación que encubría la angustia de sus ojos–. Ya no lo quiero.

Dylan miró el hermoso anillo posado en la mesa. El símbolo vacío de todas sus esperanzas. Lo agarró y se lo metió en el bolsillo.

–Como quieras. Si no puedes sincerarte conmigo, me voy –se giró para marcharse, pero dudó an-

147

tes de salir y se volvió hacia ella–. ¿Sabes qué es lo peor de todo?

Ella lo miró sin decir nada.

–Lo peor es que no confías en mí lo suficiente para decirme la verdad. Te quiero, Jenna, y estaba convencido de que habías aprendido a amarme. Por última vez… Dime la verdad.

Ella negó con la cabeza, abrazándose con fuerza y con las lágrimas resbalándole por las mejillas. El instinto acuciaba a Dylan a apretarla contra él y decirle que todo saldría bien.

–Márchate, por favor –le pidió ella con voz ahogada.

Un segundo después se oyó un portazo.

Un dolor como nunca antes había sentido le retorció las entrañas. De algún modo consiguió salir a la calle y subirse al coche. Permaneció unos minutos sentado, mirando la casa, antes de arrancar y alejarse. La mezcla de sufrimiento y furia casi le impedía conducir, y una y otra vez se preguntaba por qué Jenna no podía decírselo, por qué no podía compartir aquella parte de su vida que había acabado por separarlos.

Consiguió llegar al restaurante, donde la fiesta seguía en su apogeo. Entró por la puerta trasera, pero Sage lo sorprendió en su despacho cuando se disponía a meter el anillo de Jenna en la caja fuerte.

–¿Estás bien?

–No, no estoy bien –con una mano abrió la caja

mientras con la otra apretaba el anillo en el bolsillo. Agradeció el dolor que le provocaba en la palma–. ¿Has venido a regodearte? ¿A decirme que tenías razón?

Sage meneó la cabeza.

–No viste su cara cuando el periodista te hizo aquella pregunta. Parecía como si su mundo hubiera estallado en pedazos.

–Su mundo inventado, querrás decir.

–No –negó Sage rotundamente–. Su mundo real. A lo mejor me precipité en enseñarte aquel informe. Quizá tendríamos que haber indagado un poco más. Fue idea mía, de acuerdo –dijo tras el bufido de su hermano–. Pero, Dylan, no viste cómo la afectaba lo de esta noche. Dale unos días y vuelve a hablar con ella. Acláralo todo.

Él negó con la cabeza.

–Eso no va a pasar. No quiere verme más.

Se sacó el puño del bolsillo y mostró el anillo antes de meterlo en la caja fuerte.

–No quería hacerte daño, Dylan. Merecías saber la verdad. Pero piénsalo bien. Si Jenna fuera realmente culpable, aún llevaría puesto ese anillo.

Dylan reflexionó sobre las palabras de su hermano.

–Seguramente tengas razón. Pero hasta que no quiera abrirse a mí no hay nada que hacer. Y no creo que me perdone nunca por lo que le dije.

–¿Qué le dijiste exactamente?

–Le pregunté si yo había sido su última presa. No pude evitarlo. Las palabras me salieron sin más. Estaba furioso porque me hubiera ocultado algo tan importante. No hay nada que cuadre, Sage. Nada, a menos que realmente fuera cómplice de su padre y haya vivido todo este tiempo del dinero que estafaron.

No quería creerse sus propias palabras, pero sin pruebas y sin el testimonio de Jenna no podía pensar de otra manera.

Jenna fue a su despacho con un terrible dolor de piernas para hacer el recuento de las facturas. Extrajo el fondo para dejarlo en la caja registradora y contó los billetes que al día siguiente ingresaría en el banco.

Sus temores de que el escándalo de la inauguración hiciera mella en el negocio demostraron ser infundados. No daba abasto con los encargos, había tenido que aumentar los pedidos a los proveedores y el número de clientes se había doblado en la última semana.

–¿Por qué no me dejas acabar eso a mí? –le sugirió Valerie al entrar en su despacho–. Pareces muerta de cansancio.

–No, ya casi he acabado –le aseguró Jenna, a pesar de estar terriblemente cansada. No era la primera vez aquella semana que se sentía así.

Le costaba un esfuerzo sobrehumano levantarse por la mañana y comer y beber adecuadamente. Sabía que debía cuidarse, a ella y al bebé, pero todo le resultaba extremadamente fatigoso. Lo único bueno era que en la tienda estaba tan ocupada que no le quedaba tiempo para pensar.

Valerie se sentó frente a ella.

–¿Sigues sin tener noticias suyas?

–¿Qué? No, no sé nada de él ni quiero saberlo.

–¿Nunca más?

–Nunca, al menos no directamente. Es mejor así –añadió, intentando insuflar un poco de optimismo en su voz.

–No veo cómo. Sigues embarazada de él.

–Por favor, Valerie. La semana ya es bastante dura… ¿Puedes olvidarte del asunto?

Valerie la miró fijamente.

–No cuando tienes este aspecto tan lamentable. Lo siento, pero me preocupo por ti. No, en realidad no, no lo siento. Me preocupo por ti, Jenna. Te conozco desde que te dedicabas a barrer suelos. He visto cómo te hacías cargo del negocio y lo convertías en lo que es ahora. Eres una persona brillante e inteligente, pero sobre todo eres honesta. Ya sé que la gente ha dicho muchas cosas feas sobre ti, y recuerdo las historias sobre tu padre. Es una vergüenza lo que te hizo y que tengas que sufrir las consecuencias. Pero tú no eres la persona que ellos dicen. Todo lo que pasó forma parte del pasado. Yo creo en ti, Jenna. Solo quería que lo supieras.

Jenna le dedicó una débil sonrisa.

–Gracias. Lo aprecio de verdad.

–Pero no es suficiente, ¿verdad? Todavía lo quieres.

Jenna sintió el escozor de las lágrimas, pero parpadeó con fuerza para contenerlas.

–Eso no importa. Lo que importa es mi hijo –se dio una palmadita en la barriga y sintió un ligero movimiento.

–Claro que importa, cariño. Te estás castigando, y eso no es bueno. Ni para ti ni para el bebé.

Tenía razón. Le importaba tanto que no podía pasar ni un minuto sin pensar en Dylan, sin recordar el dolor que le había infligido o la decepción que había visto en su cara antes de que se marchara el sábado por la noche. Pero lo acabaría superando, se dijo.

–Creo que deberías verlo y hablar de esto –insistió Valerie.

–Ha vuelto a Los Ángeles. Al menos eso he oído.

–Pues llámalo.

–No, eso no. Se ha terminado, Valerie. Y si yo puedo aceptarlo tú también deberías. De hecho, te agradecería que no volvieras a sacar el tema.

Valerie accedió de mala gana.

–Al menos ven a cenar esta noche a casa. Les

diré a los niños que no te molesten y te prepararé uno de mis famosos guisos de pollo.

–Suena bien, pero estoy molida. Solo quiero irme a casa y meterme en la cama.

–Pero come algo.

–Sí, sí, comeré algo –recogió el dinero y los cheques y le entregó a Valerie el fondo para que lo metiera en la caja registradora–. Mañana me pasaré por el banco. ¿Te importa abrir tú la tienda?

–Claro que no. No tengas prisa en venir a la tienda.

–Espero llegar un poco después de las nueve. Tendremos otro día de mucho trabajo.

–Por eso mismo no quiero que te des prisa – dijo Valerie, riendo.

–Está bien, está bien. ¿No tienes bastante con ser madre de cuatro hijos?

–Una madre es siempre una madre –fue a meter el dinero en la caja y volvió junto a Jenna–. Cuídate.

Jenna la vio alejarse con una triste sonrisa. Nunca se había parado a pensar en la vida de Valerie más allá de lo que sabía: casada desde hacía dieciséis años y madre de cuatro niños maravillosos. Sintió envidia por aquella vida tan felizmente sencilla y segura. Podía hacerlo. Había pasado mucho tiempo sola y no necesitaba a nadie más.

Pero al pensarlo se le apareció el rostro de Dylan en la cabeza y sintió que todo le daba vueltas.

Capítulo Quince

A la mañana siguiente le costó un enorme esfuerzo levantarse. Por mucho tiempo que pasara en la cama o descansando nunca era suficiente. Observó los miserables restos de comida que había en el frigorífico. Nada que valiera la pena desayunar, de modo que decidió comprar algo de camino a la tienda. Llenó la botella de agua, agarró el bolso y fue al garaje.

Justo cuando estaba abriendo la puerta sintió un fuerte mareo y tuvo que apoyarse en el marco para no caer. Pasó más de un minuto hasta que se recuperó.

Tomó un sorbo de agua y luego otro. Se convenció de que se sentía mejor y, en efecto, se sintió bien mientras conducía. Encontró aparcamiento cerca del banco, pero a pesar de la hora había mucha gente esperando ante los cajeros. No llevaba mucho rato esperando cuando volvió a sentir que el suelo se movía bajo sus pies.

—Otra vez no —murmuró en voz baja.

—¿Qué le ocurre, señorita? —le preguntó un hombre mayor que estaba ante ella en la fila.

—Nada, lo siento.

–¿Está segura? Parece un poco…

Fue todo lo que Jenna oyó antes de que la oscuridad se la tragara.

–Tienes un aspecto horrible –le dijo su ayudante al entrar en su despacho el viernes por la mañana.

–Vaya, gracias –respondió Dylan con una voz cargada de sarcasmo. La verdad era que su aspecto hacía honor a cómo se sentía por dentro.

Desde que se marchó de Cheyenne sentía como si algo, o mejor dicho, alguien le estuviera pidiendo a gritos que volviera. Había intentado convencerse de haber hecho todo lo posible. Se había empleado a fondo en la inauguración del restaurante y luego lo había dejado todo en manos de su jefe de cocina y del encargado, quienes estaban perfectamente capacitados para hacerse cargo del local. No los habría contratado si no hubieran estado a la altura de las exigencias. Para él había llegado la hora de volver a Los Ángeles.

Pero en su cabeza seguía repitiéndose la última conversación que había mantenido con Jenna y todas las preguntas que habían quedado sin respuesta. Dylan había investigado un poco y había descubierto que el padre de Jenna, James, se había ganado a pulso su mala reputación con las mujeres. No estaba claro cuándo empezó a desplumarlas, pero cuando un par de viudas se pusieron a hablar de sus nuevos novios mientras jugaban al *bridge* en el club de campo, se dieron cuenta de que estaban saliendo con el mismo hombre.

Presionadas por sus respectivas familias, fueron ellas las que avisaron a la policía. Se abrió una investigación y no tardaron en salir a la luz los nombres de todas las amantes a las que James Montgomery había engañado y abandonado. Ninguna se había atrevido a decírselo a su familia, y mucho menos a denunciarlo a las autoridades.

Dylan se enfureció al pensar en las inocentes a las que había embaucado aquel timador cuya prioridad debería haber sido su hija. Le costaba entender que alguien pudiera ser tan negligente con alguien de su propia sangre.

Y a propósito de la sangre, se preguntó cómo llevaría Jenna el embarazo. Debería de estar ya de dieciséis semanas. ¿Cuándo tenía prevista la ecografía? Soltó un suspiro e intentó relajar la mano que aferraba la pluma Montblanc. Noel esperaba pacientemente a que firmase los documentos.

—Tu asistente me ha pedido que te traiga esto —le dijo Noel, dejando algunos mensajes en la mesa.

Dylan hojeó los papelitos rosas, pero no fue hasta que vio el prefijo de Cheyenne en uno de ellos que se incorporó con atención. No era propio de Chance llamarlo a la oficina; normalmente lo llamaba al móvil. Miró el teléfono, que estaba en modo silencio, y vio dos llamadas perdidas de Chance del día anterior. Fuera lo que fuera, debía ser urgente. Firmó rápidamente los papeles para entregárselos a Noel y esperó a que saliera del despacho para llamar al rancho.

Su primo respondió al segundo toque.

—Chance Lassiter.

—Justo con quien quería hablar. ¿Cómo es que no estás trabajando?

—Ojalá no estuviera trabajando. Tengo que revisar las cuentas del rancho antes de pasárselas al contable. ¿Dónde te has metido? Llevo llamándote desde ayer.

—Tenía el móvil en modo silencio y se me olvidó cambiarlo. ¿Qué ocurre?

—¿Has recibido noticias de Jenna?

Dylan se puso rígido.

—¿Por qué? ¿Qué ha pasado?

—Se desmayó en el banco ayer por la mañana. Tuvieron que llevarla al hospital.

—¿Que se desmayó, dices? ¿Sabes por qué?

—Mamá llamó tal hospital en cuanto se enteró, pero solo le dijeron que no corría peligro. Una mujer llamada Valerie respondió cuando llamó a la tienda, pero no soltó prenda cuando mamá le preguntó por Jenna.

Dylan calculó lo que quedaba por hacer aquel día. Su lugar estaba en Cheyenne.

–Iré tan pronto como pueda. Gracias por avisarme, Chance.

–Sabía que querrías saberlo. Vas a arreglar las cosas con Jenna, ¿verdad? A los demás no nos importa lo que pasó en su pasado ni en qué estuvo implicada. Los que importa es quién es ahora. Va a ser la madre de la nueva generación de Lassiter. Lo quiera o no, es una de nosotros.

–Sí, voy a arreglarlo –prometió Dylan. No sabía cómo, pero lo iba a arreglar.

Su secretaría le encontró un vuelo para aquel mismo día. Tendría que hacer escala en Denver, pero al menos llegaría a Cheyenne antes de medianoche. Mientras esperaba en el aeropuerto llamó al hospital y pidió hablar con Jenna, pero se sorprendió al oír que ya le habían dado el alta.

Antes de subirse al avión probó a llamarla a casa, pero no obtuvo respuesta, ni tampoco en el móvil. Miró el reloj; la floristería debía de estar a punto de cerrar. Marcó el número, pero en ese momento oyó la última llamada para su vuelo. Un guarda de seguridad lo miró extrañado cuando se encaminó hacia la puerta de embargue soltando una retahíla de palabrotas y maldiciones. Tendría que dominar su impaciencia hasta que llegara a Wyoming.

Un retraso en Denver hizo que no aterrizara en Cheyenne hasta mucho después de medianoche. Estaba loco por ir a casa de Jenna, pero el sentido común le impidió cometer una estupidez semejante. Si Jenna estaba en casa estaría durmiendo, así que tendría que esperar al día siguiente.

Al llegar a su casa se quitó la chaqueta y la corbata, se sirvió un whisky y se derrumbó en un sillón. Lo último que podía hacer era dormir. Desde que supo lo de Jenna su único objetivo había sido volver a Cheyenne, sin pararse a pensar en lo que haría una vez allí. Quería comprobar personalmente que Jenna y el bebé estaban bien, y quería saber lo que le había provocado a Jenna el desmayo. Pero ¿y después qué?

Aún tenía preguntas que solo ella podía responder. Lo había herido en lo más profundo de su alma al ocultarle la verdad, y le había hecho decir cosas que nunca le hubiera dicho en circunstancias normales. Claro que sus circunstancias nunca habían sido normales...

¿Qué sentía por ella, aparte de estar naturalmente preocupado por su salud? ¿Habían cambiado sus sentimientos al saber lo que ocultaba su pasado? Tomó un sorbo de whisky y se pasó el líquido alrededor de la lengua antes de tragárselo. La respuesta tardó un rato en llegar. No, no la quería menos. Estaba dolido porque no le hubiera contado la verdad, eso sí, pero sus sentimientos seguían siendo los mismos. La había acusado de no confiar en él, pero ¿acaso había confiado él en ella cuando le dijo que ignoraba lo que su padre estaba haciendo? Estaba tan furioso y dolido que ni siquiera había querido escucharla. ¿Había querido castigarla, tal vez?

La última semana había sido un infierno. Echaba terriblemente de menos el sonido de su voz, el timbre de su risa, su respiración entrecortada cuando él la besaba...

¿Podía imaginarse una vida sin ella? No, era imposible. Cada noche desde la inauguración había intentado concebir un futuro del que ella no formara parte y solo veía oscuridad y tormento. La deseaba. No solo eso; la amaba con una pasión tan desmesurada que nunca podría conformarse con otra persona. Nunca.

Lo cual lo dejaba en una posición muy difícil. Desde el principio había sabido que la relación entre ambos era extremadamente frágil y que debía actuar con sumo cuidado para hacerla florecer. ¿Habría arrancado el brote de cuajo al preguntarle si había sido su última presa? ¿Podrían reavivar el vínculo? Había visto a Jenna destrozada, y a él lo habían cegado la ira y la incredulidad ante lo que percibía como una traición. Aún quería saber la verdad. Toda la verdad. No podrían avanzar hasta que no se hubiera aclarado todo entre ellos.

¿Qué le había dicho Jenna, exactamente? Que no podía creerse lo que él había pensado de ella. En algún momento Dylan se había ganado su confianza, lo que suponía un paso agigantado con respecto al primer día que entró en la floristería. Y con un solo comentario lo había echado todo a perder.

Lo tendría muy difícil para conseguir que Jenna se abriera completamente a él, eso seguro. Pero estaba decidido a conseguirlo, igual que había logrado todos sus objetivos en la vida. Aquel era su reto más importante. Jenna le había dicho que no le impediría ver al bebé, pero él no se conformaba con eso. Los quería a ambos.

Las palabras de Chance resonaron en su cabeza. Lo que Jenna hubiera hecho en el pasado ya no importaba. Era la madre de su hijo y la mujer a la que amaba con todo su corazón. Eso era lo único que importaba. El resto… bueno, ya se ocuparía de ello de un modo u otro, suponiendo que ella se lo permitiera.

Solo eran las diez y Jenna ya estaba exhausta. Millie no se había presentado aquella mañana, seguramente por una fuerte resaca, como se podía intuir del incoherente mensaje que le había enviado.

Había llamado a Valerie para preguntarle si podía ir aunque solo fuera un par de horas, pero su amiga había pillado una gastroenteritis y no podía arriesgarse a contagiarla. Jenna le aseguró que podría arreglárselas sola, pero la cabeza empezó a darle vueltas y tuvo que apoyarse en el mostrador y tomar las sales que el médico le había recetado. No quería repetir lo ocurrido dos días antes, y menos estando ella sola en la tienda. Por suerte el día anterior, y parte de la noche, habían acabado el encargo para la boda, pero sin Millie y sin Valerie no le quedaba más remedio que ocuparse de los detalles de última hora y de atender a los clientes.

Oyó el timbre y esperó que fuera la gente de la boda que iba a recoger los arreglos de mesa, los ramos y los botonieres. Se obligó a sonreír mientras salía del despacho, pero la sonrisa se esfumó en cuanto vio quién había llegado.

–¿Qué haces aquí? –le preguntó Dylan. Su rostro parecía de piedra, pero sus ojos ardían de furia.

Jenna dio un paso atrás.

–¿Dónde quieres que esté? Y además, ¿a ti qué te importa?

–Me importa porque es mi hijo el que llevas dentro. He ido a tu casa pensando que te encontraría allí, pero no estabas.

–Está claro –respondió ella secamente, aunque el corazón se le había desbocado al verlo.

–¿Por qué no estás en casa, descansando?

Ella suspiró. Al parecer Dylan se había enterado de todo.

–Solo me desmayé, nada más –se giró hacia las rosas que tenía en un jarrón tubular junto a la caja registradora y arrancó algunos pétalos dañados.

–¿Por qué? ¿Es que no sabes cuidarte?

–No eres mi madre. Soy perfectamente capaz de…

–Ya está bien, Jenna –la cortó él–. He visto que tienes el frigorífico vacío. ¿Por qué has estado en el hospital?

–Tenía la presión sanguínea un poco baja, nada más. Debo tener cuidado de no deshidratarme, y me han recomendado que tome más sal. De modo que ya ves, no hay nada de qué preocuparse.

–¿Y la caída? ¿Te hiciste daño?

–No, y tampoco el bebé sufrió. En serio, Dylan. Estoy bien –entró otra persona en la tienda, el padre de la novia que iba a recoger las flores–. Y también estoy muy ocupada, si no te importa…

Pero él no se marchó. Esperó a que Jenna atendiera al hombre e incluso tuvo el descaro de decirle que se quedara sentada mientras él lo ayudaba a cargar las flores en la furgoneta. Cuando volvió a entrar en la tienda, Jenna estaba echando humo.

–No necesito que nadie me cuide y no me gusta que vengas a decirme cómo hacer mi trabajo.

–Estás trabajando demasiado. ¿No deberías tener a alguien más en la tienda? ¿Dónde está Millie?

–No ha podido venir y… Espera, llega una cliente.

Dylan esperó a que Jenna despachara a la mujer y la acompañó al coche con las flores que había comprado.

–¿Qué quieres decir con que Millie no ha podido venir? –le preguntó a Jenna cuando volvieron a quedarse solos–. ¿No tienes a nadie más?

–Valerie vendrá de vez en cuando a echar horas extras, pero hoy está enferma y además se ha ocupado de casi todo desde mi pequeño incidente.

–¿Pequeño incidente?

–Me desmayé en el banco y el personal llamó a una ambulancia porque es el procedimiento habitual. Me llevaron a urgencias y me tuvieron en observación toda la noche. Me hidrataron y me dieron el alta por la mañana con un montón de instrucciones que te prometo que he estado siguiendo –la mayor parte.

–No todas –dijo él, leyéndole el pensamiento. ¿Qué piensas comer hoy?

–Iba a tomarme un sándwich…

–¿Cómo, si no puedes dejar la tienda desatendida? ¿Cómo vas a tomarte un descanso si no tienes una ayudante?

–Bueno, hasta que no he llegado esta mañana no sabía que ella no estaría aquí.

–¿Esperas a más clientes hoy?

–Los sábados siempre entran algunos, pero por hoy no tengo más encargos.

–Bien, entonces no te importará que haga esto –fue hacia la parte de atrás y Jenna le oyó cerrar la puerta trasera.

–¿Qué haces?

—Recoge tu bolso.

—¡No pienso hacerlo!

—Muy bien, pues lo haré yo —fue a su despacho y se colgó el bolso al hombro. Jenna se habría echado a reír si no hubiera visto la determinación en su rostro.

—Dylan... —empezó, pero no pudo decir más porque él la levantó en brazos y la llevó hacia la puerta, donde dudó un instante antes de colocar el cartel de cerrado.

—La llave —le exigió después de salir. Ella la sacó del bolso y cerró sin que él la soltara.

Un grupo de personas se congregó en la acera.

—¡Eh, mirad! ¿No es ese Dylan Lassiter?

—Sí, ¡así se hace, Dylan!

Él les respondió con una sonrisa y echó a andar hacia su todoterreno, aparcado un poco más abajo. La multitud se hizo más numerosa y empezaron a aplaudir y silbar. Alguien corrió a abrir la puerta del coche y todos lo vitorearon cuando metió con cuidado a Jenna en el asiento y le puso el cinturón de seguridad.

Jenna creía que se iba morir de vergüenza, y le lanzó una mirada asesina a Dylan cuando él rodeó el coche y se sentó al volante.

—Esto es secuestro.

—Lo sé —respondió él, y la agarró por la nuca para besarla.

Capítulo Dieciséis

Jenna sintió los labios de Dylan como si fuera la primera vez que la besaba, provocándole una mezcla de fascinación y terror. La multitud que los observaba en la acera enloqueció. Dylan se apartó y arrancó el motor, y la determinación que se adivinaba en su rostro hizo que Jenna desistiera de protestar. Tendría que esperar a que llegaran a su destino, fuera cual fuera.

No hizo falta mucho tiempo para averiguarlo. Muy pronto reconoció el camino a casa de Dylan.

–Dylan... –empezó.

–Ahora no, Jenna. Hablaremos cuando lleguemos a casa.

Lo dijo con una convicción que desconcertó a Jenna. Su casa estaba en Los Ángeles, pero por cómo lo dijo parecía haber elegido la palabra a propósito. Como si pretendiera quedarse allí. A Jenna le dio un vuelco el corazón. La perspectiva de verlo a menudo le llenaba de placer y pavor al mismo tiempo. Ella le había dicho que no le impediría ver al bebé; ¿tendría intención de visitarlo con frecuencia? La asaltó otra inquietante duda: ¿intentaría conseguir la custodia permanente?

Para ello contaba con el dinero necesario y el apoyo de su familia, desde luego.

Apartó inmediatamente la idea de su cabeza. Dylan nunca le había insinuado nada parecido. ¿Por qué iba a cambiar de opinión?

Volvió a pensar en la noche de la inauguración… en el momento exacto en el que sintió que su mundo se desmoronaba, como un diente de león destruido por una ráfaga de viento. No podría volver a pasar por lo mismo.

Cuando llegaron, Dylan la sorprendió aparcando en el garaje en vez de dejar el coche en el exterior, delante de la casa. Y se sorprendió aún más al ver el Cadillac rojo, reluciendo bajo las luces del enorme garaje.

–¿Te lo quedaste?

–No podía perderlo –respondió él mientras la levantaba en brazos del asiento–. Como a ti –añadió.

La llevó adentro y la dejó en un sofá en forma de L en el salón.

–Espera aquí –le ordenó, y fue a la cocina a preparar unos sándwiches que olían a pan recién hecho. Regresó y le puso el plato en el regazo–. Come.

Ella lo miró irritada y se sintió tentada de decirle lo que podía hacer con su sándwich. Pero parecía tan apetitoso que la boca se le hizo agua, y además sabía que necesitaba comer algo.

Al acabarlo, Dylan le retiró el plato y le sirvió un vaso de agua mineral.

–Sí, sí, ya lo sé. Bebe –lo imitó ella con sarcasmo–. Puedo cuidar de mí misma, por si aún no lo sabes.

Él se limitó a mirarla con unos ojos azules que parecían ver a través de ella. Jenna no pudo sostenerle la mirada. Tal vez fuera capaz de cuidar de sí misma, pero había una gran diferencia entre ser capaz y hacerlo.

–Las cosas van a cambiar, Jenna –le dijo él cuando le quitó el vaso vacío–. Eres demasiado importante para mí y no puedo dejar que descuides tu salud y la del bebé. Podrías haberte lesionado gravemente al caer. ¿Y si te ocurre de nuevo?

–No volverá a ocurrir. Aunque no lo creas, ahora soy mucho más consciente de mi estado y tengo intención de cuidarme lo mejor posible.

–No basta con la intención. Necesitarás ayuda si vas a cuidarte como es debido.

–Lo sé –admitió. Había pensado mucho en eso aquella mañana.

–De modo que contratarás más personal para la tienda.

Jenna pensó en lo que supondría contratar a otra persona a jornada completa, salario, seguro, papeleo… y en cómo afectaría a su ajustado presupuesto.

–Yo correré con los gastos. Insisto.

–Oh, no, de ningún modo –rechazó ella tajantemente. No iba a permitir que nadie interfiriera en su negocio–. Además, no es tan fácil encontrar un buen florista. No crecen en los árboles, por si no lo sabes –el ridículo comentario los hizo reír a ambos, y la risa despejó la tensión como por arte de magia. Jenna bajó la guardia y reconoció que sería genial tener otra florista profesional, alguien creativo e innovador pero al que no le importara preparar los ramos tradicionales que constituían la espina dorsal del negocio–. Lo buscaré.

–Gracias. ¿Podrías conseguir ayuda temporal mientras encuentras a la persona adecuada? ¿Sabes si en las agencias de trabajo temporal tienen gente para esta clase de trabajo?

–Lo averiguaré el lunes.

–Puedo hacerlo yo por ti.

–He dicho que lo haré y punto –no quería cederle ni una pizca de control si podía evitarlo. Era su negocio y sería ella la que buscase ayuda, no él.

Puso los pies en el suelo para levantarse.

–¿Puedes llevarme de nuevo a la tienda?

–No.

La miró fijamente, con los pies firmemente plantados en el suelo y los brazos cruzados sobre el pecho, como una barrera insuperable.

–Por favor, Dylan. Me has dado de comer y he descansado. Ahora tengo que volver al trabajo.

–Tenemos que hablar.

–Ya hemos hablado, y he accedido a contratar más ayuda para la tienda. Creía que eso te haría estar más tranquilo.

–A ese respecto, sí. Pero aún quedan muchas cosas que aclarar.

Jenna sintió que se le oprimía el corazón. ¿Acaso nunca podría escapar de la sombra de su padre?

Dylan la tomó de la mano.

–El sábado pasado reaccioné muy mal. Me hizo tanto daño descubrir que me habías ocultado tu pasado que respondí haciéndote daño a ti. Lo siento muchísimo. Pero necesito saberlo todo, Jenna. Si puedes ser sincera conmigo estoy seguro de que podremos solucionarlo. ¿No quieres intentarlo, al menos?

Ella observó su atractivo rostro durante un largo rato. Parecía cansado y preocupado. ¿Podría hacerlo? ¿Qué pasaría si compartía con él su vergonzoso pasado? Solo había un modo de averiguarlo.

–Está bien –aceptó en voz baja, agachando la cabeza.

Él le soltó la mano y le hizo levantar de nuevo la barbilla.

–No te escondas de mí, Jenna. Nunca.

Los ojos se le llenaron de lágrimas, pero se las apartó con decisión y en las reconfortantes palabras de Dylan encontró la fuerza necesaria para sincerarse por completo.

–Al principio me gustó que nos viniéramos a vivir a Estados Unidos. Nos instalamos en Austin, Texas, de donde era mi padre. Conoció a una mujer y se enamoraron, pero cuando la relación acabo volvimos a marcharnos. Y a partir de ahí la historia se repitió una y otra vez.

–Tuvo que ser muy duro, ir de un lado para otro.

–Sí que lo fue. Apenas me acostumbraba a estar en un sitio cuando volvíamos a irnos –suspiró–. Como consecuencia, me fui encerrando más y más en mí misma. Sus amigas eran cada vez mayores y más ricas, y empezó a recibir regalos cada vez más caros. Yo también, porque siempre me presentaba a todas. Seguramente el hecho de tener una hija le confería una cierta respetabilidad ante ellas. Normalmente eran amables conmigo, unas más que otras, pero una de ellas en particular, Lisa Fieldman, era especialmente buena y cariñosa y fue la que más duró de todas sus novias. Tanto que yo empecé a albergar la esperanza de que se casaran y así yo volvería a tener una madre. Ella decía que siempre había querido tener una hija. Siempre tenía tiempo para mí y se interesaba por todo lo que yo hiciera. Hasta convenció a mi padre para ir a un recital en el colegio cuando nunca había ido a ninguno. Aún recuerdo el guiño que me hizo Lisa cuando los vi entre el público. Al cumplir trece años me regaló una cartera de acciones y dijo que me serviría cuando las cosas se pusieran difíciles. Yo no tenía ni idea de lo que era y no tardé en olvidarme de ello. Recuerdo vagamente que mi padre intentó engatusarla para que le dejara vender las acciones, pero Lisa se mostró inflexible en su decisión de dejar la cartera en manos de sus asesores. Fue entonces cuando mi padre debió de darse cuenta de que Lisa no confiaba en él. Estoy segura de que ella lo amaba a pesar de sus defectos, pero no era estúpida y nunca le cedió el control de sus finanzas. Cuando mi padre se quedó sin dinero y vio que no iba a sacarle nada más a Lisa, la abandonó. A mí se me rompió el corazón al dejarla, y seguro que a ella también.

Se detuvo un momento para secarse las lágrimas.

—Tu padre parece ser todo un personaje —dijo Dylan, y ella le sonrió con ironía.

—Ni te lo imaginas… Bueno, el caso es que me había olvidado de la cartera de acciones hasta que cumplí dieciocho años y un abogado me localizó y me dijo que era mía. No me lo podía creer. De repente tenía tanto dinero que me podría durar toda la vida si lo administraba con cuidado. Saqué lo suficiente para pagarme los estudios sin necesidad de pedir un préstamo y seguí trabajando los fines de semana en la tienda para cubrir mis otros gastos. Finalmente, hace un par de años, usé el resto para comprarme la casa.

Sintió que Dylan se removía a su lado y le clavó una penetrante mirada.

–Creías que había pagado la casa con el dinero que estafó mi padre, ¿verdad?

Él tuvo la decencia de parecer arrepentido.

–Empezaba a sospecharlo. Las cantidades no me cuadraban.

Ella asintió.

–Supongo que tienes razón. En cualquier caso, pude usar la casa como garantía para pedir prestado el dinero que necesitaba para comprarle la floristería a Margaret. Devolver el préstamo me obliga a vivir con lo justo, pero al final el negocio será solo mío.

–Para ti es importante tener tu propia casa y tu propio negocio –comentó Dylan–. No tener que responder a nadie más que a ti misma.

Jenna volvió a asentir.

–Mi casa y la tienda lo han sido todo para mí. Representan lo contrario de lo que era mi vida cuando metieron a mi padre en la cárcel y a mí me enviaron a vivir aquí.

–Estabas en Laramie cuando arrestaron a tu padre, ¿no? ¿Cómo acabaste aquí?

Jenna se frotó distraídamente la barriga.

–La noticia de la detención de mi padre se supo en todo el país, y Lisa también se enteró. A pesar de todo lo que le había hecho mi padre, a mí me seguía queriendo. Tenía una amiga que vivía aquí y que había enviudado recientemente. Era Margaret. Lisa le propuso que me quedara con ella hasta que cumpliera los dieciocho, pero entre nosotras se creó un vínculo muy especial. Me encantaba trabajar con ella en la floristería y ella apreciaba muchísimo mi ayuda. Tengo mucho que agradecerle a Lisa, pero sobre todo que convenciera a las autoridades para que me enviaran a vivir con Margaret. Era un regalo que yo no estaba dispuesta a desperdiciar. Tuve la oportunidad de empezar de nuevo en una ciudad donde nadie me conocía. No soportaba la publicidad que rodeaba la detención de mi padre, y fue aún más horrible cuando la prensa empezó a señalarme, acusándome de haber sido cómplice. Si era culpable de algo fue de ser ignorante. Puede que con quince años tuviera que haberme preguntado de dónde sacaba mi padre tanto dinero si no trabajaba, pero solo pensaba en la escuela y en cosas de jóvenes y nunca me preocupé por ello. Una de mis profesoras enfermó de cáncer y al consejo estudiantil se le ocurrió la idea de que algunos nos afeitáramos la cabeza para recaudar dinero con el que ayudar a su familia mientras durase el tratamiento. Cuando mi padre me vio se quedó horrorizado, pero luego me sacó varias fotos mientras estaba visitando a mi profesora en el hospital y las usó a mis espaldas para crear un perfil falso en internet. Con su imaginación hizo el resto. La policía me eximió de cualquier responsabilidad, pero lo malo se pega, y en mi caso se pegó con fuerza.

Recordó el tiempo en el que no se atrevía a salir de casa y enfrentarse a los periodistas. Su padre, en cambio, estando en libertad bajo fianza mientras esperaba el juicio, se lo había tomado todo con muy buen humor y se ponía a bromear con los periodistas cuando salía. Pero para Jenna, a quien aún seguía creciéndole el pelo, ir a la escuela se convirtió en una tortura y cada día era peor que el anterior.

–Cuando Margaret me envió a la escuela hice lo que siempre había hecho. Agaché la cabeza y me concentré en los estudios. Para cuando inicié la universidad la gente ya había empezado a olvidar. Me crucé con un par de chicos con los que había ido al colegio en Laramie, pero el tiempo ayuda a confundir los recuerdos.

Volvió a mirar con atención el rostro de Dylan, agradecida de que la hubiera escuchado sin sacar conclusiones. Ella se había labrado una nueva vida por sí misma en cuanto tuvo la oportunidad. En retrospectiva podía ver que su padre siempre había creído hacer lo mejor para ella, y era él quien tenía que vivir con su conciencia por los medios que había empleado. Eso no significaba que Jenna fuera a perdonarlo, pero así era.

–Por lo que respecta al dinero que recaudó, no tengo ni idea de dónde está. Consiguió esconderlo en algún sitio, y sin duda piensa usarlo cuando salga de prisión. Espero que entonces la policía pueda seguirle la pista. Siento no habértelo contado antes. Debí hacerlo antes de aceptar tu proposición, pero supongo que una parte de mí tenía miedo de lo que pudieras pensar.

—Y cuando lo supe te pareció que pensaba muy mal de ti, ¿no?

—En parte sí. Tienes una familia maravillosa, Dylan. Y su honor se vio mancillado por mi culpa.

—No digas eso. Eres quien eres por todo lo que sufriste, y todos te queremos por ello.

Ella lo miró a los ojos para ver si decía la verdad. Compartir su pasado con él había aligerado la carga que siempre había arrastrado sola.

—Sí, Jenna. Te quiero. No debí alejarme de ti la semana pasada. Estaba tan furioso y dolido al descubrir tu secreto que reaccioné sin pensar, en vez de darte el consuelo y la fuerza que necesitabas de mí. Pero si me dejas volver a intentarlo, te lo ofrezco ahora. Te ofrezco todo, Jenna. Mi corazón, mi alma y mi vida. Sabiendo lo que sufriste en el pasado quiero crear el mejor futuro posible para ti, para los tres —le puso la mano en la barriga—. Así que voy a pedírtelo de nuevo... Jenna Montgomery, ¿quieres casarte conmigo?

Capítulo Diecisiete

Dylan esperó su respuesta con el corazón desbocado. Su felicidad y su futuro dependían de ella.
Quería estar con Jenna y con el bebé más de lo
que nunca había querido nada en la vida.

Y cuando recibió la respuesta, un sencillo «sí»,
fue la palabra más mágica que jamás había escuchado.

–Te prometo que nunca te arrepentirás –le dijo,
antes de besarla en los labios. Fue un beso que superó todo lo que habían compartido hasta entonces. Porque, por fin, no había nada que se interpu-
siera entre ellos. Un futuro lleno de amor e ilusión
los aguardaba.

–Lo sé, Dylan. Tú me das tanto que no sé qué
darte yo a cambio.

–Todo –le respondió él sinceramente–. El primer día creía que era algo pasajero, pero no he dejado de pensar en ti ni un solo día. Ni siquiera
cuando murió J.D. ni cuando la boda de Angelica
se canceló, ni cuando me mataba a trabajar para la
inauguración del restaurante… Siempre has ocupado el centro de mis pensamientos.

Se removió en el sofá para sentársela en el regazo y le puso la mano en la prueba palpable de su primer encuentro.

—Yo tampoco he podido dejar de pensar en ti –le confesó ella con una triste sonrisa–. A veces me resultaba incómodo. Sabía que ibas y venías de Los Ángeles mientras se construía el restaurante. Supongo que me sentía como una adolescente enamorada, esperando recibir una mirada tuya. Tu mundo es tan diferente del mío que acabé aceptando que lo nuestro era imposible. Pero entonces descubrí que estaba embarazada y eso hizo que me lo replanteara todo. Me pregunté si estarías interesado en mí. Al fin y al cabo ni siquiera nos conocíamos antes de…

—Chiss –la hizo callar con un beso–. No lo hicimos a la manera tradicional, ¿y qué? Podemos ser tan anticuados como queramos el resto de nuestras vidas. No esperemos para casarnos. Quiero que estemos juntos, como marido y mujer, lo antes posible.

—Pero ¿dónde viviremos? No…

—Lo he estado pensando. Cuento con un buen equipo en Los Ángeles y me puedo permitir trabajar aquí en Cheyenne, al menos hasta que nazca el bebé. Después decidiremos el próximo paso, aunque me gustaría poder instalarme aquí de manera permanente y que nuestro hijo creciera cerca de su familia. ¿Qué te parece si nos casamos el sábado que viene?

–¿Estás seguro? Habrá que preparar muchas cosas en muy poco tiempo.

–Podemos conseguirlo. Tengo buenos contactos en el mundo del catering y conozco a alguien que tiene un don para las flores… –sonrió–. Si estás de acuerdo, preferiría invitar solo a la familia y los amigos íntimos.

Ella asintió.

–Por mí, perfecto ¿Crees que podríamos celebrar la boda en el Big Blue? Es una parte importante de tu pasado y tu familia. Sería muy bonito y especial casarnos donde te criaste.

–Sería ideal –corroboró él, besándola otra vez–. Y seguro que Chance y Marlene estarán encantados. El lunes conseguiré la licencia y el sábado estaremos casados.

–No me puedo creer que esté pasando de verdad.

–Créetelo, Jenna. Eres todo lo que siempre he querido, tú y el bebé. Hay parejas que se aman para siempre. Mis padres, por ejemplo, y J.D. y Ellie. J.D. se quedó destrozado con la muerte de Ellie y nunca dejó de amarla. Desde niño supe que quería encontrar esa clase de amor con otra persona. Tengo treinta y cinco años, Jenna, y empezaba a creer que nunca la encontraría. Pero ahora que te he encontrado no voy a perderte.

–Te tomo la palabra. Ahora y siempre –le prometió con los ojos ardiéndole de amor.

Hacía una tarde espléndida en el Big Blue. Tal y como Dylan se había esperado, Marlene se hizo cargo de los preparativos y lo organizó todo con la eficiencia y el buen gusto que la caracterizaban.

Había creído que estaría nervioso, pero en vez de eso le embargaba una profunda sensación de paz y sosiego. Todo lo que había hecho en la vida lo había conducido a aquel momento, aquel día en el que le declararía su amor a Jenna delante de sus seres más allegados.

Miró hacia la ventana del segundo piso y luego al jardín, donde un arco de flores indicaba al lugar en el que muy pronto él y Jenna se convertirían en marido y mujer. Los camareros circulaban entre la pequeña concurrencia portando bandejas de bebidas y aperitivos. El jefe de cocina de Dylan se había adueñado de la enorme cocina de Marlene para preparar una cena digna del acontecimiento.

Llamaron a la puerta y entró su hermana. En los ojos de Angelica se adivinaba su preocupación, a pesar de estar sonriendo.

–Hola –lo saludó mientras se acercaba para abrazarlo.

–Hola. Me alegra que hayas podido venir.

–Por poco no lo consigo. Una chica necesita tiempo para preparar estas cosas.

–Pensé que si la novia podía estar lista en una semana, la familia y los amigos también podrían.

–Tienes razón –lo examinó de arriba abajo y le sacudió una pelusa de la solapa–. Pero tendrás que admitir que ha sido todo muy repentino... Sinceramente, me cuesta creerlo. ¿Estás completamente seguro de hacer lo correcto? No es algo que puedas tomarte a la ligera.

–Nunca he estado más seguro de nada en toda mi vida.

–Dylan, no tienes por qué casarte para ser padre. Lo sabes, ¿verdad? No sabemos casi nada de ella.

–Sé todo lo que necesito saber por el momento, y estoy deseando pasar el resto de mi vida descubriendo lo demás. En cuanto a lo de no tener que casarme para ser padre... Quiero hacerlo, Angelica. Siento que es mi destino y que habríamos acabado haciéndolo tarde o temprano. El bebé únicamente ha precipitado los acontecimientos.

–¿Pero y si sale mal? –insistió ella–. Incluso cuando crees conocer a alguien... –la voz se le quebró, sin duda pensando en su exnovio.

Dylan no tuvo tiempo para decir nada, porque volvieron a llamar a la puerta y entró Sage en la habitación.

–Te veo muy bien –le dijo jocosamente a su hermano menor.

–Tú tampoco estás mal.

–Nunca imaginé que te casaras antes que yo… –se puso serio–. Aún no es tarde para cambiar de opinión.

–Oh, no, tú también no –se quejó Dylan–. Mirad, chicos, aprecio vuestra preocupación, pero sé que estoy haciendo lo correcto. Jenna va a ser una de nosotros y me gustaría que la aceptarais. ¿Me prometéis que no volveréis a decir nada al respecto?

Angelica y Sage le dieron su palabra, y la conversación cambió a otros temas.

–Ya que estamos los tres juntos –dijo Sage, mirando a su hermana–, quería hablar de los rumores de que vas a impugnar el testamento de J.D.

–¿De verdad piensas seguir adelante? –preguntó Dylan.

–Por supuesto que sí –afirmó Angelica con una expresión obstinada que sus hermanos conocían muy bien. Por fuera podía haber heredado la belleza y la elegancia de su madre, pero por dentro era hija de J.D. de la cabeza a los pies–. Y te recuerdo, Sage, que fuiste tú el primero en sugerirlo.

–Sí, pero enseguida me di cuenta de que si continuábamos por ese camino otras personas se verían perjudicadas. ¿De verdad querrías que Marlene tuviera que marcharse? ¿O que el resto del legado quedara en suspenso mientras tú te dedicas a plantar batalla? Creía que habías entendido que era más importante respetar la voluntad de J.D.

que obstinarse en algo que solo causará más problemas.

–Oh, claro… –Angelica soltó una áspera carcajada–. Los chicos buenos poniéndose de acuerdo para acallar a la mujer, ¿no? Todos sabemos que Lassiter Media debería haber sido mía. Fui yo la que se hizo cargo de la empresa cuando papá se desentendió de ella. ¡Yo! Es mía y quiero recuperarla.

–Pensaba que querías lo mejor para Lassiter Media –repuso Dylan–. Todos sabemos que J.D. tenía una cabeza increíble para los negocios aunque no siempre estuviéramos de acuerdo con él. Tomó una decisión y debemos respetarla. Intenta verlo desde fuera, Angelica. Estás tan ofuscada por la herencia que tu comportamiento empieza a ser perjudicial para la empresa. ¿Es eso lo que quieres?

Ella suspiró y sus hombros se hundieron bajo el vestido de alta costura.

–No, pero tengo que luchar por lo que es mío.

Dylan la rodeó con un brazo.

–No podemos estar de acuerdo contigo, Ange. Esta obsesión no te hace ningún bien, ni a ti ni a ninguno de nosotros.

–Para ti es fácil decirlo –replicó ella–. Tienes lo que querías.

–Y renunciaría a todo hoy mismo si supiera que es lo mejor para la empresa.

El aire se cargó de tensión, hasta que Angelica sacudió la cabeza.

–Dejemos el asunto por hoy, ¿de acuerdo? Hemos venido a celebrar tu boda.

Los dos hombres accedieron a regañadientes, pero Dylan sabía que la situación estaba muy lejos de resolverse. Era demasiado importante como para intentar ignorarla. Pero por el momento podían fingir que no había ningún problema entre ellos. Volvió a mirar por la ventana y vio que los invitados ya ocupaban las sillas blancas en el patio.

–Vamos allá –les dijo con una sonrisa a sus hermanos.

Abajo se respiraba la excitación en el aire, pero Dylan seguía igual de tranquilo. Se había pasado toda la semana esperando aquel momento, y finalmente había llegado. Todo encajaba en su mundo, y confiaba en que su hermana pudiera ser algún día tan feliz como él.

Ocupó su lugar bajo el arco de flores y le sonrió la persona que oficiaría la ceremonia. Luego se giró y miró los rostros de las personas a las que más quería en el mundo. Allí estaban todas salvo una, quien saldría de la casa de un momento a otro.

Jenna había elegido caminar en solitario hacia él, alegando que llevaba tanto tiempo sola que no necesitaba a nadie que la entregara en matrimonio. Iba a casarse libremente, ilusionada y convencida. A su vez Dylan había optado por no tener padrino, aunque les había pedido a Sage y Valerie que fueran sus testigos.

Se oyó un breve revuelo en las puertas que daban al patio y apareció Marlene con Cassie, vestida de organdí verde y con una cesta de pétalos. Marlene le sonrió a Dylan y levantó el pulgar. Y justo en ese momento Dylan se dio cuenta de lo realmente nervioso que estaba...

Marlene ocupó su asiento y la música empezó a sonar. Cassie echó a andar por el pasillo, arrojando pétalos de rosas al aire, al suelo y a todo el que la miraba. Todo el mundo reía cuando por fin se sentó junto a su madre.

Y entonces se hizo el silencio cuando Jenna apareció en la puerta. Dylan ahogó un gemido de admiración al verla, deslumbrante y hermosa con un sencillo vestido blanco y una faja de satén sobre el vientre ligeramente hinchado. Llevaba el pelo recogido en lo alto de la cabeza, con unos tirabuzones sueltos rozándole las mejillas y el cuello, y los pendientes de diamante que él le había regalado la noche anterior destellaban a la luz del atardecer. Si Dylan hubiera podido, habría congelado aquel momento para siempre. Jenna era la perfección encarnada, y estaba a punto de ser suya.

Sus miradas se encontraron y se mantuvieron

mientras ella caminaba lentamente hacia él, sonriente y con el rostro radiante de amor. Finalmente llegó a su lado, al lugar que ocuparía el resto de sus vidas.

El maestro de ceremonias comenzó a hablar y Dylan y Jenna pronunciaron sus votos. Y Dylan supo, sin el menor atisbo de duda en su corazón, que al fin tenía la familia que siempre había anhelado. Su propia familia.

Y cuando se giraron hacia los invitados como marido y mujer, miró los rostros de todos los presentes y supo que aquella era la familia que merecían él, Jenna y su futuro hijo.

No te pierdas *Pasión desbordante,*
de Kathie DeNosky,
el próximo libro de la serie
DINASTÍA: LOS LASSITER
Aquí tienes un adelanto...

A la hora señalada del Cuatro de Julio, Chance Lassiter y su hermanastra, Hannah Armstrong, se dirigieron hacia la puerta del gran salón del rancho Big Blue.

–Qué extraño, ¿verdad? Solo hace dos meses que descubrí que tenía una hermana y ahora estoy a punto de entregarte en matrimonio.

–Y que lo digas –respondió ella con una sonrisa–. Pero Logan y tú sois tan buenos amigos que seguiremos viéndonos muy a menudo.

–Eso por supuesto –corroboró él, y miró con cariño a su sobrina de cinco años, que esperaba con la cesta de pétalos para precederlos por el pasillo–. Le he dicho a Cassie que me la traeré a Cheyenne a tomar helados al menos una vez a la semana. Y no voy a defraudarla.

–La mimas demasiado –se quejó Hannah en broma.

Él se encogió de hombros, sonriendo.

–¿Y qué esperabas? Soy su tío favorito.

–Eres su único tío –le recordó ella, riendo.

Al descubrir que tenía una hermanastra, resultado de la aventura extraconyugal que su difunto padre había tenido treinta años antes, Chance había experimentado emociones muy diversas. En primer lugar había albergado un profundo resentimiento hacia su padre, al que siempre había considerado un ejemplo de rectitud e integridad moral, por haber engañado a su madre. Posteriormente descubrió que Marlene Lassiter había sabido que su marido tenía una hija y su decepción aumentó porque tampoco ella le dijera nada. Su madre sabía lo mucho que le hubiera gustado tener hermanos y lo había privado de una posible relación fraternal. Pero en los dos meses transcurridos desde que conoció a Hannah y a su adorable sobrina, Chance había hecho todo lo posible por compensar el tiempo perdido.

Apretó la mano de Hannah en su brazo.

–Independientemente de los helados, sabes que lo único que tenéis que hacer es llamarme por teléfono e iré enseguida a por vosotras.

–Tu madre y tú habéis sido muy buenos con nosotras –las lágrimas afluyeron a los bonitos ojos de Hannah, del mismo color verde esmeralda que los de Chance–. No sé cómo daros las gracias por vuestro amor y acogida. Significa muchísimo para mí.

Él sacudió la cabeza.

–No tienes que agradecernos nada. Eso es lo bonito de la familia. A Cassie y a ti os queremos y aceptamos incondicionalmente, no importa el tiempo que hayamos tardado en encontraros.

EL SECRETO DE LA NIÑERA

ELIZABETH LANE

Wyatt Richardson, el arrogante y atractivo propietario de un complejo turístico, nunca se había enfrentado a un problema que no pudiera resolver con dinero. Al hacerse cargo de su hija adolescente y del hijo que esta acababa de tener, contrató los servicios de la niñera Leigh Foster. La belleza de Leigh era un aliciente inesperado y estaba seguro de que la atracción era mutua.

Para Leigh, enamorarse de su jefe podía acabar en tragedia; sobre todo si Wyatt descubría su relación con Mikey, el bebé. Pero cuando Wyatt la estrechó en sus brazos… le resultó imposible resistirse.

¿Podría desearlo
sin que descubriera su secreto?

¡YA EN TU PUNTO DE VENTA!

Acepte 2 de nuestras mejores novelas de amor GRATIS

¡Y reciba un regalo sorpresa!

Oferta especial de tiempo limitado

Rellene el cupón y envíelo a

Harlequin Reader Service®
3010 Walden Ave.
P.O. Box 1867
Buffalo, N.Y. 14240-1867

¡Sí! Por favor, envíenme 2 novelas de amor de Harlequin (1 Bianca® y 1 Deseo®) gratis, más el regalo sorpresa. Luego remítanme 4 novelas nuevas todos los meses, las cuales recibiré mucho antes de que aparezcan en librerías, y factúrenme al bajo precio de $3,24 cada una, más $0,25 por envío e impuesto de ventas, si corresponde*. Este es el precio total, y es un ahorro de casi el 20% sobre el precio de portada. !Una oferta excelente! Entiendo que el hecho de aceptar estos libros y el regalo no me obliga en forma alguna a la compra de libros adicionales. Y también que puedo devolver cualquier envío y cancelar en cualquier momento. Aún si decido no comprar ningún otro libro de Harlequin, los 2 libros gratis y el regalo sorpresa son míos para siempre.

416 LBN DU7N

Nombre y apellido	(Por favor, letra de molde)
Dirección	Apartamento No.
Ciudad	Estado	Zona postal

Esta oferta se limita a un pedido por hogar y no está disponible para los subscriptores actuales de Deseo® y Bianca®.
*Los términos y precios quedan sujetos a cambios sin aviso previo.
Impuestos de ventas aplican en N.Y.

Bianca.

«Yo siempre consigo lo que quiero… y te quiero a ti».

Ganar millones y acostarse con mujeres hermosas no podía hacer que Bastien Zikos olvidase el lustroso pelo negro y los desafiantes ojos azul zafiro de Delilah Moore.

De modo que estaba dispuesto a hacer lo que tuviese que hacer para conseguir que la única mujer que lo había rechazado volviese con él. Si Delilah quería salvar la fallida empresa de su padre, debería acceder a sus demandas: ser su amante, ponerse sus diamantes y esperarlo en la cama.

Pero ¿qué haría el exigente magnate cuando descubriese que su rebelde amante era virgen?

A las órdenes del griego

Lynne Graham

Deseo

UNA VEZ NO ES SUFICIENTE

NATALIE ANDERSON

¿Podían atraerse dos seres opuestos? Aunque había conseguido con esfuerzo ser un rudo magnate, Lorenzo Hall tenía un origen humilde, y ahora su salvaje rebeldía obedecía a una causa: se moría por averiguar si su nueva ayudante, Sophy Braithwaite, era realmente tan casta y pura como parecía.

Por supuesto, para Sophy su apasionado jefe debería estar fuera de su alcance, pero era evidente que el sugerente cuerpo de Lorenzo y el peligroso brillo de su mirada iban a tentarla hasta el límite para que rompiera todas las normas.

Un hombre tan atractivo debería estar prohibido